日语视听说教程 （一）

参考用书

徐　曙　毛文伟
赵　鸿　市原明日香　编著

北京大学出版社
PEKING UNIVERSITY PRESS

图书在版编目(CIP)数据

日语视听说教程(一)参考用书/徐曙,毛文伟,赵鸿,市原明日香编著.—北京:北京大学出版社,2010.7

ISBN 978-7-301-17309-1

Ⅰ.日… Ⅱ.①徐…②毛…③赵…④市… Ⅲ.日语－听说教学－自学参考资料
Ⅳ.H369.9

中国版本图书馆 CIP 数据核字(2010)第 104926 号

书　　　名:日语视听说教程(一)参考用书
著作责任者:徐　曙　毛文伟　赵　鸿　市原明日香　编著
责 任 编 辑:兰　婷
标 准 书 号:ISBN 978-7-301-17309-1/H·2520
出 版 发 行:北京大学出版社
地　　　址:北京市海淀区成府路 205 号　100871
网　　　址:http://www.pup.cn
电　　　话:邮购部 62752015　发行部 62750672　编辑部 62767347　出版部 62754962
电 子 信 箱:zbing@pup.pku.edu.cn
印 刷 者:北京鑫海金澳胶印有限公司
经 销 者:新华书店
　　　　　　787 毫米×1092 毫米　16 开本　8.5 印张　148 千字
　　　　　　2010 年 7 月第 1 版　2010 年 7 月第 1 次印刷
定　　　价:18.00 元

前　言

　　本教材是为高等院校日语专业高年级"日语视听说"课程编写的专业教材，也可供各类成人教育，日语自学者使用。

　　目前，我国高等院校日语专业的视听说课程没有相应的教材，绝大部分教材都编写成听力考试应试题集，很多教材的重点也没放在如何培养学习者从声音媒体获取信息的能力上，不少教材使用的素材文本也不适合视听说训练，而且，基本没有将"视听"和"说""读""写"三项技能结合起来，整体来看，对日语视听说课程的认识陈旧，教材设计落后。反映在教学方式上的是视听说课堂教学几乎没有设计，只是按照教材放录音或录像，流于只专注故事情节的欣赏而完全忽视了语言学习。

　　语言交际是由听说读写四种功能构成的。日常实际生活中的语言交际，"听""说"占了很大比例，而"边看边听"和"说"，即"视听说"可以说是语言交际的主要活动。

　　外语的习得过程会因人而异，但在相当程度上还是共通的。外语习得通常都是在获得"可理解输入"的过程中实现的。

　　"获得可理解输入"关系到学习者的语言运用能力，这种运用能力可以使语言输出成为可能。在外语学习过程中增加可理解输入是极其重要的。就是说，视听说学习的一个重要任务就是要"获取语言习得所需的输入"。

　　视听可以认为是一个将不理解的语言输入转变为可理解输入的过程。这种过程有三个理论上的模式。其一称"自下而上模式"，从单词这种较小的语言单位起，通过运用语言知识，向句子、段落、整个对话这种大的语言单位递进，由此累加理解而构建出整体意思。其二称"自上而下模式"，这种模式以上下文、情景等为线索，利用背景知识，在视听的同时进行预测及推测来理解所听内容的意思。其三称为"相互交流模式"，这种模式是将"自下而上模式"和"自上而下模式"互补并用来进行理解的。视听说课程的教材设计及课堂指导，让学习者体验这三种模式所表明的理解过程，体验从声音信息构筑语言意思的能动性活动过程是很重要的。

　　我们知道，"视听"在很多时候是与"说""读""写"同时进行的。而实际的视听活动，通常都是视听者在运用选择信息、预测、推测、询问等策略的过程中进行的。因此，在课堂视听活动中，导入日常生活实际视听中使用的这些策略，并将这些学习策略导入到教材设计及课堂活动中进行练习同样是十分重要的。

　　本教材就是在将视听学习策略引进到视听说课程体系的基础上编写的。每一课都由"视听前活动""视听活动""视听后活动"3个步骤构成。

　　"视听前活动"主要是针对视听材料内容，赋予学习者视听动机，激活学习者既有的相关知识、信息和经验等，支持自上而下的视听方式；利用与视听材料相关的标题、图片等，让学习者预测视听内容；提示关键词，但并不给出所有生词的意思，那些可以通过文脉推测的

生词，留在实际视听中让学习者推测；给出问题，让学习者意识到视听目的何在。

"视听活动"要让学习者在充分意识到自上而下和自下而上两种视听语言信息处理过程的基础上展开练习，让学习者在实际视听的同时不断确认自己听前的预测是否正确。听第一遍时，让学习者注意听内容的主题，第二遍之后，引导听细节及特定信息；让学习者推测生词及没听懂之处；针对不太理解的部分，让学习者提问，以监控自己的理解并培养这种不断确认理解程度的习惯。

"视听后活动"要让学习者针对听懂并理解的内容做出某种反应，确认其理解是否正确。引导学习者就听到的内容，发表或叙述自己的感想或意见；让学习者发表与听的内容相关的已知信息或知识等。

本教材设计导入了应用语言学及外语视听理论研究的最新成果，也充分考虑了学习者的认知水平和日语语言的习得规律，强调有效的视听说学习应该最大程度地运用自上而下的语言信息处理模式，并根据需要辅以自下而上的处理模式。通过教材设计将有效的视听说方法作为学习策略融入到整个"日语视听说"教学体系中。课程的教材结构设计与学习策略归纳如下表。

教材结构 ＼ 学习策略		自上而下模式	自下而上模式	理解的确认
视听前活动	1 今日课题	◎		
	2 知晓测试	◎	◎	
	3 热身活动	◎		◎
视听活动	4 主题视听			◎
	5 大意视听	◎	（○）	○
	6 重点视听		◎	○
	7 全方位视听	◎	◎	○
视听后活动	8 发表感想、意见			◎
	9 归纳小结			◎

本教材力争体现听、说、读、写综合发展方向，突出实际"语言技能"的培养。教材风格严谨而不失轻松，内容贴近实际生活及专业特点，能激发学习者的学习兴趣。课文对话语言自然流畅，表述准确可靠。教材体现出了内容新，形式新，结构新，设计新的全新理念，既注重日语语言知识的学习与语言运用能力的培养，还注重日本社会、文化背景的接触，同时考虑构建国际文化的大视野。考虑到现代化教育技术手段的广泛应用，本教材还配套制作了多媒体课件，使教材做到立体化，既方便课堂教学，又方便学习者自主学习。

本教材从构思、设计到素材收集、编辑、编写、出版，历时数年，期间分别在同济大学与上海对外贸易学院日语专业试用过，得到教学双方的一致好评。北京大学出版社兰婷编辑对本教材的编写、出版给予了很大支持与热情鼓励，对此表示衷心感谢。

本书虽为编者多年教学与研究积累所发，自觉也是尽了努力，但终因学识与能力有限，缺陷疏漏难免，恳请批评指正。权将其作引玉之砖，期待更多日语视听说教材的佳作问世。

编　者

2010年2月

目　次

目

次

第1課　東京ラブストーリー

I ドラマのシーンの視聴

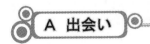 A　出会い

聞く前に

一、次の文の下線に入れるのに最も適当なものを①・②・③・④から一つ選んで、〇を
つけなさい。

　　　1. ④　　　　　　2. ③　　　　　　3. ②

二、次の漢字の読み方を書きなさい。
　　　①［とうちゃく］　　　②［こん］　　　　③［じぎょうぶ］
　　　④［そうこ］　　　　　⑤［ふあん］　　　⑥［しゅうぎょうしき］

三、次の質問について、あなたの考えや意見を日本語で自由に話してみなさい。
　　　略

聞く（スクリプト）

完　治：もしもし、長尾です。長尾完治です。はい、今羽田着きました。はい、ああ、迎えの方が…あっ、すみません。あのう、空港到着出口に、女性、はい、紺のジャケット…はい！

リ　カ：完治、長尾完治…

完　治：はい。

リ　カ：長尾完治？！

完　治：はい、俺です。

リ　カ：「カンチ」君？

完　治：いいえ、長尾完治です。

リ　カ：いるんだったら早く言ってよ。事業部の赤名リカです。荷物これだけ？

完　治：はい。

リ　カ：倉庫に行って商品の積み込みに行かなくちゃいけないの。付き合って！

運搬人：はい、以上です。ご苦労様！

完　治：お疲れ様です。あのう、終わりました。

リ　カ：ありがとう。行こうか。

完　治：はい。

リ　カ：どうした？元気ないなあ、声に。

完　治：そうですか。

リ　カ：8月31日の小学生みたい。何か東京にいやなことでもあるの？

完　治：いや、いやなことというのか、ちょっと不安なのかなあ。

リ　カ：どうして？

完　治：そりゃやっぱ不安ですよ。愛媛から一人出てきて、東京で何やるかわかんないし。

リ　カ：そんなのは何やるか分からないから元気出るじゃない？

完　治：うん、そう？

リ　カ：大丈夫。笑って笑って。今、このときのために今までのいろんなことがあったんだって、そんなふうに思えるように。だからね、バッチつけて。

完　治：バッチ？

リ　カ：その日その日の思い出をピカピカのバッチにして、胸にはって歩いていこう。ねえ！

完　治：はい。

リ　カ：元気？

完　治：もうなんか一学期の終業式の小学生みたい。

リ　カ：うん、行こう。

完　治：はい。

四、ドラマを見ながらその対話を聞いて、内容に合っているものに〇、合っていないものに×をつけなさい。

　　①　×　　　　②　〇　　　　③　×　　　　④　〇

五、ドラマを見ながらその対話を聞いて、正しい答えをそれぞれ①・②・③・④から選んで、〇をつけなさい。

　　1.　④　　　　2.　③　　　　3.　②

六、ドラマの対話を聞きながら、次の文を完成しなさい。

① 倉庫に行って 商品の積み込み に行かなくちゃいけないの。付き合って！

② そんなのは 何やるか分からないから 元気出るじゃない？

③ その日その日の思い出を ピカピカのバッチ にして、胸に はって歩いていこう。

④ もうなんか 一学期の終業式の小学生 みたい。

聞いた後

七、聞いた対話の内容のあらすじを日本語で話してみなさい。

略

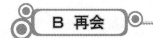 **B　再会**

聞く前に

一、次の文の下線に入れるのに最も適当なものを①・②・③・④から一つ選んで、○をつけなさい。

1. ①　　　　2. ②　　　　3. ④

二、次の漢字の読み方を書きなさい。

① [しゅんかん]　　② [うたがい]　　③ [あきべや]

④ [しらはた]　　　⑤ [あしもと]　　⑥ [かかと]

三、次の質問について、あなたの考えや意見を日本語で自由に話してみなさい。

略

聞く（スクリプト）

さとみ：はい、関口です。

永　尾：あ、もしもし、永尾。

さとみ：あ。

永　尾：寝てた？

さとみ：ううん。あ、今ね、電話のベルが鳴った瞬間、あ、永尾くんかなって思った。

永　尾：え、何で？

さとみ：ベルが永尾くんぽかった、プルルル、プルルルって。

永　尾：まさか。

さとみ：よく電話くれたよね、あの頃。

永　尾：そうだっけ。

さとみ：そうだよ、私が元気ない時はいつも、

これ以上ないってタイミングで。

永　尾：そうだっけ。

さとみ：あれから三上くんと逢ったりした？。

永　尾：え、あ、ああ。

さとみ：何か言ってた？

永　尾：別に何も…三上がどうかした？

さとみ：ううん。私やっぱり好きじゃない、三上くんのあーゆー女の子と軽く付き合ったり出来るのって。

永　尾：じゃあ何であんなこと…

さとみ：何？

永　尾：あ、いや。あ、関口さ、明日どうしてる？

＊ ＊ ＊ ＊ ＊ ＊ ＊ ＊ ＊ ＊ ＊ ＊ ＊ ＊ ＊

リカ：あ、お帰り。

永尾：あいつは？

リカ：帰った。

永尾：うん、何か言ってた？

リカ：ううん。

永尾：そう。

リカ：良かったね、疑いハレて。

永尾：ええ？

リカ：カンチはおいてきぼりにされたわけじゃなかったんでしょ？三上くんとさとみちゃんに。

永尾：どういう意味だよ？

リカ：もうこれで、かんちはさとみちゃんのことで一杯なんだね。空き部屋なんてこれっぽっちも無いんだね。

永尾：？

リカ：でも私、白旗あげるつもりないから。

永尾：……

リカ：帰る。

永尾：送るよ、駅まで。

リカ：いい。

永尾：けど…

リカ：いいの。

リカ：ね、明日どうしてる？

永尾：ああ、明日ちょっと…

リカ：そっか。じゃ、これあげる。

永尾：何？

リカ：さとみちゃんと行ってきなよ。じゃね、お休み。

永尾：ちょっと…おい。

＊ ＊ ＊ ＊ ＊ ＊ ＊ ＊ ＊ ＊ ＊ ＊ ＊ ＊ ＊

［競技場・外（翌日）］

永　尾：待った？

さとみ：私も今、でも約束の十五分前。

永　尾：そうだ。

さとみ：二人とも、気が早い。あ。

永　尾：ええ？

さとみ：靴のヒモ。

永　尾：あ。

さとみ：永尾くんと三上くんはね、足元を見ればどっちかわかる。

永　尾：へえ？

さとみ：いつも踵を踏んでいるのが三上くん、靴のヒモがほどけてるのが永尾くん。

永　尾：なんか二人とも、だらしなかったんだな。

さとみ：いいじゃない、男の子なんだから。

永　尾：二十四にもなって男の子じゃな。あ、でもやっぱ関口も、俺たちから見ると女の子だな。

さとみ：あ、傷つく。

永　尾：自分から先に言っといて。

さとみ：男の子はいいの。

四、ドラマを見ながらその対話を聞いて、内容に合っているものに○、合っていないものに×をつけなさい。

① ○　　　　② ×　　　　③ ×　　　　④ ○

五、ドラマを見ながらその対話を聞いて、正しい答えをそれぞれ①・②・③・④から選んで、〇をつけなさい。

1. ②　　　2. ①　　　3. ②

六、ドラマの対話を聞きながら、次の文を完成しなさい。

① 私が元気ない時はいつも、　これ以上ない　ってタイミングで。

② カンチは　おいてきぼりにされた　わけじゃなかったんでしょ?三上くんとさとみちゃんに。

③ もうこれで、さとみちゃんのことでカンチは一杯なんだね。空き部屋なんて　これっぽっち　も無いんだね。でも私、　白旗あげる　つもりないから。

④ いつも踵を　踏んでいる　のが三上くん、　靴のヒモがほどけてる　のが永尾くん。

聞いた後

七、聞いた対話の内容のあらすじを日本語で話してみなさい。

略

C　気持ちが微妙

聞く前に

一、次の文の下線に入れるのに最も適当なものを①・②・③・④から一つ選んで、〇をつけなさい。

1. ④　　　2. ②　　　3. ②　　　4. ①

二、次の漢字の読み方を書きなさい。

① [たから]　　　② [かたがわり]　　　③ [けんさく]

④ [きげん]　　　⑤ [ぶきよう]　　　⑥ [せいはんたい]

三、次の質問について、あなたの考えや意見を日本語で自由に話してみなさい。

略

聞く（スクリプト）

時　子：さとみの料理の腕も、作ってあげる
　　　　男がいないと、宝の持ちぐされだね。

さとみ：いるもん。

時　子：嘘!?

さとみ：いるっていうか、もうすぐそうなる
　　　　かも。

時　子：誰？

さとみ：前話した、永尾くん。

時　子：あれ、この間の三上くんってのは？
　　　　あ、いやだねこの人間キャッチフォ
　　　　ン！

さとみ：違うってば。

時　子：何、その永尾くんと付き合うわけ？

さとみ：どうしようかなって。

（電話が鳴る。）

さとみ：はい、関口です。

三　上：三上だけど。

さとみ：……

三　上：この間のこと、謝ろうと思ってさ。

さとみ：……

三　上：聞いてるか？

さとみ：……

三　上：聞いてるよな。悪かったと思ってる。

さとみ：……

三　上：けど、いい加減な気持ちじゃなく、
　　　　俺はおまえが…

時　子：誰？

さとみ：え、あ、間違い電話。

時　子：食べようよ。

＊＊＊＊＊＊＊＊＊＊＊＊＊＊＊＊＊

［ハートスポーツ・営業部］

和賀：何だ、おまえまだやっているの。

永尾：あ、すみません。

和賀：そんなもの、フロッピーで検索すれば
　　　すぐ出るだろう。

永尾：それがちょっと。

和賀：あぁ、赤名か？

永尾：はあ。

和賀：何か機嫌損ねるようなことしたんだ
　　　ろ？

永尾：まぁ。

和賀：あいつは一旦怒らせると、雷が鳴るま
　　　で機嫌悪いからな。

永尾：ですね。

和賀：どうぞ。

永尾：あっ、すみません。

和賀：不器用なんだよ。普通は、背中に背負っ
　　　たリュックに荷物が増える度に、その
　　　分何かを捨てて行く、生きてくってこ
　　　とはそう言うもんだ。

永尾：……

和賀：だが、あいつは捨てない、どんどん荷
　　　物が増えていく、たった一人で色んな
　　　ものをしょいこんでる。

永尾：……

和賀：ま、意外とおまえみたいなやつの方が
　　　あいつには合うかもな。

永尾：俺がって？どうしてですか。

和賀：だって、おまえはあいつと正反対だ。

永尾：……

和賀：何にも荷物を持ってない。少し位なら
　　　肩代わりできるだろ？せいぜい手こず
　　　るんだな。

永尾：部長。

和賀：しっかりやるよ。

日语视听说教程（一）参考用书

四、ドラマを見ながらその対話を聞いて、内容に合っているものに〇、合っていないものに×をつけなさい。

　　① 〇　　　　　② ×　　　　　③ ×　　　　　④ 〇

五、ドラマを見ながらその対話を聞いて、正しい答えをそれぞれ①・②・③・④から選んで、〇をつけなさい。

　　1. ④　　　　　2. ③　　　　　3. ④

六、ドラマの対話を聞きながら、次の文を完成しなさい。

　　① さとみの料理の腕も、_作ってあげる_ 男がいないと、_宝の持ちぐされ_ だね。

　　② この間の三上くんってのは？あ、この _人間キャッチフォン_ ！

　　③ あいつは一旦怒らせると、_雷が鳴る_ まで機嫌悪いからな。

　　④ あいつは捨てない、どんどん荷物が増えていく、たった一人で _色んなものをしょいこんでる_ 。

聞いた後

七、聞いた対話の内容のあらすじを日本語で話してみなさい。

　　略

II　ニュースの視聴

聞く前に

一、次の文の下線をつけた言葉は、どのような漢字を書くか、それぞれ①・②・③・④から選んで、〇をつけなさい。

　　1. ①　　　　2. ③　　　　3. ②　　　　4. ③　　　　5. ④

二、次の漢字の読み方を書きなさい。

　　① [せかいきろく]　　② [ほうよう]　　③ [なんべい]
　　④ [じゅりつ]　　　　⑤ [かいさい]　　⑥ [ぎむ]

三、次の質問について、あなたの考えや意見を日本語で自由に話してみなさい。

　　略

聞く（スクリプト）

バレンタインデーにキスして世界記録

 2月14日はバレンタインデー。日本では、女性から男性にチョコレートを渡すという習慣が定着していますが、フィリピンでは一風変ったイベントで世界記録が誕生しました。

ちょっと変わった
バレンタインデー
～フィリピン～

 「3、2、1、0！」

 カウントダウンとともに一斉にキスをはじめる恋人たち。「お互いの愛情を表現することによって、世界記録を作ろう」との呼びかけに、通りに溢れんばかりのカップルが熱い抱擁を交わしました。

 記録とは、「同時に、同じ場所で10秒間キスをする恋人たちの数」のことで、これまでの世界記録は、先月、南米のチリで樹立された4445組です。

 バレンタインデーにちなんで開催された今回のイベントでは、恋人たちの数を数えるため、番号がふられたゼッケンを胸につけることが義務づけられました。集まったのは、20代を中心とした合計5000組のカップル。熱い、熱い、抱擁が交わされた瞬間に世界記録が誕生しました。　（14日 8:20）

 四、ニュースの内容に合っているものに〇、合っていないものに×をつけなさい。

  ① × ② × ③ × ④ 〇

 五、ニュースを聞いて、正しい答えをそれぞれ①・②・③・④から選んで、〇をつけなさい。

  1. ③ 2. ④ 3. ②

 六、ニュースを聞きながら、次の文を完成させなさい。

  ① フィリピンでは　一風変った　イベントで世界記録が誕生しました。

  ②　カウントダウン　とともに　一斉に　キスをはじめる恋人たち。

  ③「お互いの愛情を表現することによって、世界記録を作ろう」との　呼びかけ　に、通りに　溢れんばかりのカップル　が熱い抱擁を交わしました。

  ④ これまでの世界記録は、先月、南米のチリで　樹立された4445組　です。

  ⑤ 恋人たちの数を数えるため、番号が　ふられた　ゼッケンを胸につけることが　義務づけられました　。

聞いた後

 七、聞いたニュースのあらすじを日本語で話してみなさい。

  略

附

【主題歌】
ラブ・ストーリーは突然に
作詞　作曲　歌手　小田和正

何から伝えればいいのか 分からないまま時は流れて
浮かんでは 消えてゆく ありふれた言葉だけ
君があんまりすてきだから
ただすなおに 好きと言えないで
多分もうすぐ 雨も止んで 二人 たそがれ

あの日 あの時 あの場所で 君に会えなかったら
僕等は いつまでも 見知らぬ二人のまま

誰れかが甘く誘う言葉に もう心揺れたりしないで
切ないけど そんなふうに 心は縛れない
明日になれば君をきっと 今よりもっと好きになる
そのすべてが僕のなかで 時を超えてゆく

君のためにつばさになる 君を守りつづける
やわらかく 君をつつむ あの風になる

あの日 あの時 あの場所で 君に会えなかったら
僕等は いつまでも 見知らぬ二人のまま

今 君の心が動いた 言葉止めて 肩を寄せて
僕は忘れないこの日を 君を誰れにも渡さない
君のためにつばさになる 君を守りつづける
やわらかく 君をつつむ あの風になる

あの日 あの時 あの場所で 君に会えなかったら
僕等は いつまでも 見知らぬ二人のまま

誰れかが甘く誘う言葉に 心揺れたりしないで
君をつつむ あの風になる

あの日 あの時 あの場所で 君に会えなかったら
僕等は いつまでも 見知らぬ二人のまま

第2課　ロングバケーション（1）

I ドラマの抜粋の視聴

 A 脇役

聞く前に

一、次の文の下線に入れるのに最も適当なものを①～④から一つ選んで、○
をつけなさい。

    1. ③   2. ④   3. ②

二、次の漢字の読み方を書きなさい。

    ①［はなよめ］   ②［わきやく］   ③［てっそく］

    ④［でばん］   ⑤［かみさま］   ⑥［しぜん］

三、次の質問について、あなたの考えや意見を日本語で自由に話してみなさい。

    略

聞く（スクリプト）

南　：「卒業」って映画見た？

瀬名：うん。

南　：花嫁が、結婚式当日に他の男とバス
　　　（に）乗って逃げちゃうやつ。あれって

さあ、逃げたほうって結構ドラマだけど、逃げられた方ってどうなったんだろうね。

瀬名：脇役にはスポットライト当たらないじゃん。脇役のことなんて、カメラ追いかけないしさあ。鉄則だよ。

南　：映画の？

瀬名：人生の。

南　：ふうん、……ううん。……。いつになったら出番が来るんだか。何やってんだろう、私。一日パチンコやってた。

瀬名：ねえ、こういうふうに考えるのだめかなあ。ながーいお休み。

南　：ながーいお休み。

瀬名：俺さあ、いつも走る必要ないと思うんだよね。あのう、あるじゃん、何やっ

てもうまくいかない時って。

南　：そうねえ。

瀬名：そういう時は、何と言うかな。言い方（が）変だけど、神様がくれたお休みだと思ってさ。無理に走らない、焦らない、頑張らない。自然に身を委ねる。

南　：そうしたら。

瀬名：よくなる。

南　：ほんとうに？

瀬名：たぶん。

南　：たぶん？……乾杯。

瀬名：なんの？

南　：なんとなく。

二人：乾杯。

四、ドラマの対話を聞いて、内容に合っているものに〇、合っていないものに×をつけなさい。

　　　① ×　　　　② 〇　　　　③ 〇　　　　④ ×

五、ドラマを見ながらその対話を聞いて、正しい答えをそれぞれ①・②・③・④から選んで、〇をつけなさい。

　　　1. ④　　　　2. ④　　　　3. ②

六、ドラマの対話を聞きながら、次の文を完成させなさい。

　　① 花嫁が、結婚式当日に他の男とバス（に）　乗って逃げちゃう　やつ。

　　② 脇役のことなんて、カメラ　追いかけない　しさあ。

　　③ 何やってんだろう、私。一日　パチンコ　やってた。

　　④ 無理に走らない、　焦らない、頑張らない　。自然に身を委ねる。

聞いた後

七、聞いた対話のあらすじを日本語で話してみなさい。

　　　略

B 恋の岐路

聞く前に

一、次の文の下線に入れるのに最も適当なものを①・②・③・④から一つ選んで、○をつけなさい。

    1. ①   2. ④   3. ②

二、次の漢字の読み方を書きなさい。

    ① [にぎり]   ② [おおげさ]   ③ [こげる]

    ④ [おに]   ⑤ [すねる]   ⑥ [わるぐち]

三、次の質問について、あなたの考えや意見を日本語で自由に話してみなさい。

    略

聞く（スクリプト）

南　：瀬名君、落ち込んでて、お握り、これこれ、鼠ぐらいしか食べられなかったんですよ。

瀬名：そりゃ、大げさだよ。ちゃんと猫ぐらいだよ。

南　：だからね……

涼子：先輩。

瀬名：はい。

涼子：間違ってたら、ごめんなさい。

瀬名：はい。

涼子：もしかして、先輩、私のこと好きだったんですか。

瀬名：今ごろ、気づいたんですか。

涼子：南さんは、知ってましたか。瀬名先輩の気持ち。

南　：うんん、知ってた。涼子ちゃんは全然気づかなかった？

涼子：あ、いいえ。ちょっとそうかなあと思ったことがあったけど、先輩どっか冷めている感じだし、コンサートに誘ってくれたりしたけど、どっか気まぐれっぽくて、きっと私のこと、からかって

るんだろうなあって思ってました。

南　：まあ、瀬名君、シャイだし、一応かっこいいからねえ。

涼子：かっこいいとそうなんですか。

南　：いや、やっぱり、ぶ男の愛の告白のほうが本当っぽいっていうのはあるんじゃないの？

涼子：はあ、勉強になります。

桃子：なんか、いやですねえ。二人で外（に）出ちゃって。

教授：まあ、何かきっと取り込んだ話もあるんじゃないんですか。

桃子：先生、こっちの焦げたの（を）どうぞ。その、お焦げがおいしいんですよねえ。

南　：涼子ちゃん、こういうのは？

涼子：どういうのですか。

南　：付き合っちゃえば、瀬名君と。だって、瀬名君、涼子ちゃんのことずっと思ってたわけだし、ちょっと拗ねてはいるけど、でも、根はいい奴じゃないー？

涼子：真二さんよりも？

南　：いやあ、それは弟だからねえ、悪口は
　　　言いたくないんだけど。

涼子：私、どうしたらいいんでしょう。もて
　　　もてなのかなあ。

南　：うん、もてもて、もてもて、もてもて

だけど……。でも、たぶん、真二、涼
子ちゃんのこと、好きじゃないんじゃ
ないかなあ。ごめん、心を鬼にして言
うけど、あいつ、アニマルだから、見
境ない。

涼子：そうなんですか。

四、ドラマを見ながらその対話を聞いて、内容に合っているものに〇、合っていないも
　　のに×をつけなさい。

　　①〇　　　　　②×　　　　　③〇　　　　　④〇

五、ドラマを見ながらその対話を聞いて、正しい答えをそれぞれ①・②・③・④から選ん
　　で、〇をつけなさい。

　　1. ③　　　　　2. ③　　　　3. ③

六、ドラマの対話を聞きながら、次の文を完成しなさい。

　　① 先輩どっか　冷めている　感じだし、コンサートに誘ってくれたりしたけど、
　　　 どっか　気まぐれっぽくて　、きっと私のこと、　からかってる　んだろうなあ
　　　 って思ってました。

　　② まあ、何かきっと　取り込んだ　話もあるんじゃないんですか。

　　③ だって、瀬名君、涼子ちゃんのことずっと　思ってたわけだし　、ちょっと　拗
　　　 ねてはいる　けど、でも、根はいい奴じゃなーい？

　　④ ごめん、　心を鬼にして言う　けど、あいつ、アニマルだから、　見境　ない。

聞いた後

七、聞いた対話の内容のあらすじを日本語で話してみなさい。
　　略

╭─────────╮
│ C 怖い言葉 │
╰─────────╯

聞く前に

一、次の文の下線に入れるのに最も適当なものを①・②・③・④から一つ選
　　んで、〇をつけなさい。

　　1. ④　　　2. ③　　　3. ②　　　4. ②

二、ドラマのシーンを視聴する前に次の説明文と表をよく読んでから1～4の
　　質問に答えなさい。
　　略

聞く（スクリプト）

南　：ここにいる。なんで帰ってきていの？

瀬名：ふつう帰ってくるでしょう。

南　：だって、今日、デートだったんでしょう。普通は、涼子ちゃん（のう）ちに行くのか、ホテルに行くかと。どうだった。デート。

瀬名：はるおさん、さあ……

南　：だれ、はるおって。

瀬名：いや、あなた、南はるおさんのはるおさん。

南　：ああ、南はるおのはるおでございます。

瀬名：ああ、ビールやめて、ワインかなにか飲みませんか。

南　：で、暇になったら、電話するって言ったのか。

瀬名：暇になったら、電話するって。

南　：暇になったら、電話する。怖い言葉だなあ。

瀬名：どういう意味ですか、それ。

南　：なんかさあ、暇になったら、電話するってさあ、もう一生かかってこないような気がしない？

瀬名：そう言われればちょっと。

南　：でしょう。

瀬名：そういうことあったんですか、いままで。

南　：ううん、あったような気もするかなあ。ああ、もう、かれこれ、7年も暇にならないんだなあとか。それに、ほら、ちょっと面倒くさいなっていうやつに誘われると、そういうふうに逃げることがあるような気がする。

瀬名：じゃあ、僕は涼子さんにとって面倒くさいんですかね。

南　：かかってくるよ。くる、くる。だって、ずっと先輩のそばにいますって言ったんでしょう。いるよ、きっと。

瀬名：そう（で）すかね。

南　：ああ、映画を見て、感動するとこ違うからって、それで気にしてるの？

瀬名：いや、あのねえ、それだけじゃなくて、笑うところも違うんですよ。僕はおかしくないのに、横で笑ってるの。

南　：ある、ある。そういうのを、自分全然おかしくないのに、人が笑っているとむかつくよね。

瀬名：いや、むかつかないよ。涼子ちゃん可愛いから。でも、たとえば、たとえば、はるおが相手だったら、言えるじゃないですか。面白くなかったら、いや、そこは面白くないよって言えるんだけど、でも涼子ちゃんが相手だと、気（を）使って言えないんですよね。

南　：私にも少しは気を使ってね。でもねえ、わかる、すごいわかる。好きだからさあ、合わせたいんだねぇ。早いとこ、エッチしちゃえ。

瀬名：はい？

南　：エッチ。そうすればねえ、性格の不一致とか、趣味の違いとか、ここ、ごまかせるんじゃないの。

瀬名：性の不一致は？

南　：ああ、忘れてた。その問題。ああ、そういう新しい問題が出てくるね。確かに。

瀬名：ほんと、はるおってオープンだよね。

南　：ああ？

瀬名：男と話してるみたいだもん。

南　：ああ、そう。

瀬名：もてた？

南　：うん？

瀬名：男。

南　：それって心配してくれてるの？

瀬名：若干。

南　：ありがとう。気をつけるよ。

瀬名：頑張って。

三、ドラマを見ながらその対話を聞いて、内容に合っているものに〇、合っていないものに×をつけなさい。

    ① 〇　　　　② ×　　　　③ ×　　　　④ 〇

四、ドラマを見ながらその対話を聞いて、正しい答えをそれぞれ①・②・③・④から選んで、〇をつけなさい。

    1. ④　　　　2. ③　　　　3. ②

五、ドラマの対話を聞きながら、次の文を完成させなさい。

    ① 暇になったら、電話するってさあ、　一生かかってこない　気がしない？

    ② 全然おかしくないのに、人が笑っていると　むかつく　よね。

    ③ 好きだから、さあ、　合わせたい　んだねぇ。

    ④ そうすればねえ、　性格の不一致　とか、　趣味の違い　とか、ここ、ごまかせるんじゃないの。

聞いた後

六、聞いた対話のあらすじを日本語で話してみなさい。

    略

Ⅱ ニュースの視聴

聞く前に

一、次の文の下線をつけた言葉は、どのような漢字を書くか、それぞれ①・②・③・④から選んで、〇をつけなさい。

    1. ②　　　2. ①　　　3. ④　　　4. ③　　　5. ②

二、次の漢字の読み方を書きなさい。

    ① ［でんげきけっこん］　　② ［かいしょう］　　③ ［にんきかしゅ］

    ④ ［こんいん］　　⑤ ［けっこんさわぎ］　　⑥ ［せんげん］

三、次の質問について、あなたの考えや意見を日本語で自由に話してみなさい。

    略

聞く（スクリプト）

人気歌手ブリトニーさん結婚解消騒動

アメリカの人気歌手ブリトニー・スピアーズさんが電撃結婚し、直ちに解消するという騒ぎがありましたが、そのスピアーズさんが式を挙げた教会には多くのカップルが詰めかけるな

ど波紋が広がっています。

アメリカの人気歌手ブリトニー・スピアーズさんは6年前に16歳でデビューし、これまでにCD売り上げ5400万枚を記録するなど世界的なスターです。そのブリトニーさんが新年早々、世界中の音楽ファンをアッと言わせました。

1月3日の未明、パーティー会場の中を歩くブリトニーさんの姿をカメラが捕らえていました。騒ぎはこのわずか二時間のことでした。3日午前5時半、幼なじみのジェイソン・アレキサンダーさんとともに教会に現れたブリトニーさんは今すぐ結婚したいと宣言。野球帽に破れたジーンズ姿のまま花嫁となり、その場で結婚式を挙げました。ところが、わずか数時間後、今度は結婚はなかったことにしますと婚姻無効の手続を始め、ファンを驚かせたのです。

「ブリトニーさんの電撃結婚の現場となったラスベガスの教会です。名前は地味ですが、看板は派手です。ラスベガスにあるこの教会の「売り」は手軽に素早く、正式に結婚できることです。役所から出される結婚許可証を持ってくれば24時間、式を挙げることができ、予約も要りません。そして、こんな式場もあります。

「この教会では、なんと、車に乗ったままドライブスルーで結婚式を済ませることができます。」ドライブスルーでの式にかかる時間はわずか数分。挙式代も日本円でおよそ4000円と大変お得です。

結婚も離婚も全米一手続が簡単なラスベガスには、このような教会が40以上もあります。中でもここはバスケットの前マイケル・ジョーダン選手が午前2時にふらりとやって来て結婚式を挙げたことで知られる人気の教会でした。ブリトニーさんの結婚騒ぎでさらに名前が知られ、多くのカップルで賑わうようになりました。

そして、こんなカップルを見つけました。

「きょう結婚しちゃおうということになりました」（留学中の女性）

宮崎県からアメリカに留学中のこの女性はボーイフレンドとの結婚を突然、決めました。

「カジノでポーカーゲームをしてたら大当たりが出ちゃって、それで勢いで結婚しようと言ったんだ」（ボーイフレンド）

「インスタント・マリッジとか言っても重みは一緒だと思いました」（留学中の女性）

（Q. 宮崎のご両親は驚いてないですかね？）

「驚くと思います」（留学中の女性）

元新郎のアレキサンダーさんはテレビ局の取材に応じてこう話しています。

「結婚のアイデアはブリトニーが思いつきました。お互いにみつめあって、『何かワイルドでクレージーなことをしよう。面白半分で結婚しちゃおうよ』という具合でした」

今回の騒ぎが新たな話題づくりの1つだったのか、酔った勢いでのことだったのか、それとも本気だったのか。ブリトニーさんはいまだに沈黙を守っています。

TBS　2004年04月07日(水)21時38分

四、ニュースの内容に合っているものに〇、合っていないものに×をつけなさい。

  ① ×   ② 〇   ③ ×   ④ 〇

五、ニュースを聞いて、正しい答えをそれぞれ①・②・③・④から選んで、〇をつけなさい。

  1. ④ 2. ② 3. ②

六、ニュースを聞きながら、次の文を完成させなさい。

  ① スピアーズさんが式を挙げた教会には多くのカップルが 詰めかける など波紋が広がっています。

  ② 新年早々、世界中の 音楽ファンをアッと 言わせました。

  ③ この教会の 「売り」 は手軽に素早く、正式に結婚できることです。

  ④ それがブリトニーさんの 結婚騒ぎ でさらに名前が知られ、多くのカップルで 賑わう ようになりました。

  ⑤ 今回の騒ぎが新たな 話題づくり の1つだったのか、 酔った勢い でのことだったのか。

聞いた後

七、聞いたニュースのあらすじを日本語で話してみなさい。

  略

第3課　ロングバケーション（2）

Ⅰ　ドラマのシーンの視聴

A　それはそれで

聞く前に

一、次の文の下線に入れるのに最も適当なものを①～④から一つ選んで、○をつけなさい。

1. ③　　　2. ①　　　3. ②　　　4. ④

二、次の漢字の読み方を書きなさい。

①［しっかく］　　　②［かん］　　　③［むいしき］

④［びんかん］　　　⑤［やね］　　　⑥［よめいり］

三、次の質問について、あなたの考えや意見を日本語で自由に話してみなさい。

略

聞く（スクリプト）

南　：夜の空気がもう夏だねぇ。海でも行きたいなぁ。

瀬名：あ、いいねえ。

南　：瀬名君は人がいいねぇ。

瀬名：そうですか。

南　：空は青いし、海は広いし、瀬名君は人がいい。

瀬名：何だ、それ。

南　：そういう感じがするってことよ。未来永劫、人がいい。

瀬名：ほめられてるように思えないんですけど。

南　：ふふふ。

瀬名：うん。

南　：瀬名君みたいな人とずっと一緒にいられたら、それはそれで幸せなんだろうなぁ。

瀬名：それはそれでって何？

南　：何だろう。ふふん。

瀬名：ねえ、

南　：うん？

瀬名：キスしようか。

南　：いいよ。

♪♪♪♪♪♪

南　：……久しぶりのキスだったなぁ。

瀬名：しばらく、こうしていい？

南　：いいよ。

♪♪♪♪♪♪

＊＊＊＊＊＊＊＊＊＊＊＊＊＊＊

桃子：フィルムなくしちゃうっていうのはまずいですよね。

南　：失格だよね。わたし。

桃子：クビですか。あはは、じゃ、私たち、また、プー仲間ですね。わたしも、最近、仕事なくてぇ。プーシスター２（ツー）。……あっ、ごめんなさい。

店員：はい、どうぞ。お待ちどうさま。

南　：ねえ、桃ちゃん、きょう、桃ちゃんのとこ泊まってもいい？

桃子：いいけど、どうして？

南　：ちょっとねぇ。

桃子：どうして、どうして、どうして、どうして、どうして？あっ、瀬名と顔を合

わせづらいんだ。

南　：いや、桃子ちゃん、そういうとこ、勘（が）いいからなあ。

桃子：男と女の話には敏感なんです。で、何があったんですか。

南　：何もないけどさ……。

桃子：やっちゃったんですか。

南　：えっ？

桃子：そうだよな、わたし、そうだと思ったんだぁ。嫁入り前の男と女が一つ屋根の下で暮らしてだよ、何もないはずがない。

南　：というか……

桃子：無意識かもしれないけど、先輩、男を誘ってるとこもありますしね……

南　：うそ？ほんと？

桃子：ほんとう、ほんとう。（客に向かって）ねえ？……色気ゼロだと思ってるでしょう。オリジナルな色気がありますよ。先輩には。

南　：うそ。（客に向かって）ほんとうに？

客　：ほんと、ほんと。

桃子、南：やあ……

桃子：でぇ、エッチしたんですか。

南　：じゃない、じゃない、じゃない。え、違う、やってないよ。

桃子：ほんと？

南　：そういうことじゃないの。

桃子：キスか。

南　：なんでそんな、わかるの？

桃子：うんん。あっ、先輩、今日、うち、泊れません。ダー（リン）が来るんだ（っちゃ）。

四、ドラマの対話を聞いて、内容に合っているものに〇、合っていないものに×をつけなさい。

① 〇　　　　② ×　　　　③ ×　　　　④ ×

五、ドラマを見ながらその対話を聞いて、正しい答えをそれぞれ①・②・③・④から選ん
で、○をつけなさい。

　　1. ③　　　　　2. ②　　　　　3. ④

六、ドラマの対話を聞きながら、次の文を完成させなさい。

　　①　クビですか。あはは、じゃ、私たち、また、＿＿プー仲間＿＿ですね。わたし
　　　　も、最近、仕事なくてぇ。＿＿プーシスター２＿＿。……あっ、ごめんなさい。
　　②　＿嫁入り前の＿男と女が一つ屋根の下で暮らしてだよ、何もないはずがない。
　　③　無意識かもしれないけど、先輩、＿＿男を誘ってるとこ＿＿もありますしね。
　　④　色気ゼロだと思ってるでしょう。＿＿オリジナルな色気＿＿がありますよ。先輩
　　　　には。

聞いた後

七、聞いた対話のあらすじを日本語で話してみなさい。

　　略

Ｂ　壁を突破

聞く前に

一、次の文の下線に入れるのに最も適当なものを①・②・③・④から一つ選ん
　　で、○をつけなさい。

　　1. ④　　　　　2. ③　　　　　3. ②　　　　4. ①

二、次の漢字の読み方を書きなさい。
　　①［うらぎる］　　　②［よわね］　　　③［はく］
　　④［すなお］　　　　⑤［とっぱ］　　　⑥［めめしい］

三、次の質問について、あなたの考えや意見を日本語で自由に話してみなさい。

　　略

聞く（スクリプト）

瀬名：もう飲みすぎですよ。
教授：うんん、大丈夫、大丈夫。ああ、不思
　　　議だなぁ。瀬名君。

瀬名：はい。
教授：恋というのはね、とてもテンション
　　　の高いものなんです。だから、みん

なそれが一番大切なものだと思ってしまうんですが、でも、僕は少し違うと思うんだな。『マディソン郡の橋』とか、僕は信じません。

瀬名：ああ、それ、僕、まだ見てないから。

教授：夫をね、最後まで裏切って死んでいくような、そんな手紙を書いてはいけません。そばにね、そばにいる人を、大切にしなければいけない。部屋でね、部屋で待っててくれる人を大切にしなければいけないんです。でもねえ、瀬名君、ショパンというのは、何度帰っても、お帰りとは言ってくれません。

瀬名：いや、家に帰ってショパンがお帰りって言ってくれたら、それはそれで怖いんですけど。

教授：瀬名君はね、ずるい人です。あなたは決して寂しいという言葉を使わない人だ。

瀬名：そんなの、わからないじゃないんですか。

教授：いや、わかります。あなたのピアノを聴いたら、わかるんだ。世界中のすべての人間が寂しいという弱音を吐いたとしても、あなたは絶対寂しいという言葉は使わない。……強い人なんです。

瀬名：まさか。

教授：強いから、やさしくなってしまうんです。

瀬名：いや、それ、先生の買いかぶりですよ。僕、女々しいですから。

教授：女々しい。女々しい、いいじゃないんですか。大いにいいです。女々しいというのは素直という意味なんです。いいですか、瀬名君、君は自分自身にもっと素直になればそれでいいんです。そうですね、暑ければ窓を開けて、夏の風にひたるように、寒ければストーブに火をつけて手をかざすように、もちろん、みんなの前でやる必要がありません、誰かの、誰かの前だけでいいんです。瀬名君、壁、突破してください。

瀬名：はい。

四、ドラマを見ながらその対話を聞いて、内容に合っているものに〇、合っていないものに×をつけなさい。

    ① ×   ② ×   ③ 〇   ④ 〇

五、ドラマを見ながらその対話を聞いて、正しい答えをそれぞれ①・②・③・④から選んで、〇をつけなさい。

    1. ④   2. ①

六、ドラマの対話を聞きながら、次の文を完成しなさい。

① 夫をね、最後まで　裏切って死んでいく　ような、そんな手紙を書いてはいけません。

② 世界中のすべての人間が寂しいという　弱音を吐いた　としても、あなたは絶対寂しいという言葉は使わない。

③ いや、それ、先生の　買いかぶり　ですよ。僕、女々しいですから。

④ 暑ければ窓を開けて、　夏の風にひたる　ように、寒ければストーブに火をつ

けて　手をかざす　ように……

聞いた後

七、聞いた対話の内容のあらすじを日本語で話してみなさい。

略

C　ケチをつける

聞く前に

一、次の文の下線に入れるのに最も適当なものを①・②・③・④から一つ選んで、〇をつけなさい。

1. ④　　　　2. ②　　　　3. ③　　　　4. ②

二、次の質問について、あなたの考えや意見を日本語で自由に話してみなさい。

略

聞く（スクリプト）

瀬名：結婚すん（る）の？

南　：あっ？

瀬名：杉崎さんと。

南　：どうかなぁ、たぶんかなぁ。……杉崎さん、子どもがいたの。

瀬名：ぶっ。

南　：ああ、ああ、はい、はい。またやるの。

瀬名：聞いてないよ、それ。

南　：言ってないもん。私だって今日聞いたんだもん。

瀬名：まじ？

南　：まじ。

瀬名：なんで？

南　：なんでって。だから、離婚して、バツイチで、前の奥さんとの間に子どもがいたんでしょう。

瀬名：いくつ？

南　：お砂糖？

瀬名：何ぼけてるの？子どもの年でしょう。

南　：知らない。聞いてないもん。

瀬名：男の子、女の子？

南　：ええとねぇ、あっ、男の子って言ってたかな。

瀬名：あなた、何を聞いてきてるの？

南　：だって、離婚して、バツイチで、子どもがいると聞いたら、それだけでキャパシティ・オーバーで、それ以上聞く頭が回らなかったんです。だけど、そういうことって、過去のことじゃない？それにいま、奥さんが、その子どもと暮らしているみたいだし、養育費だけで、あんま（り）関係ないみたいだし……。

瀬名：待ったほうがいいじゃないんですか。

南　：何を?

瀬名：結婚。

南　：なんで。

瀬名：だって、おかしいじゃん。いままで、それ隠してたわけでしょう。

南　：隠してたわけじゃないでしょう。

瀬名：隠してたじゃん。嘘ついてたじゃん。

南　：嘘じゃないでしょう。言う機会がなかっただけ。

瀬名：そういうの、嘘ついてたって言うの。

南　：なんでそうやって杉崎さんにいちいちケチつけるの?

瀬名：だってさあ、話(が)うますぎるって。そんな売れっ子のカメラマンがさあ、はるおに一目ぼれなんかするのって。

南　：ちょっ、ちょっと、どういう意味?

瀬名：言ったとおりの意味ですよ。ああいうさあ、格好いいカメラなんてさあ、もうバリバリ女の人と遊んでるって。あなたもその他の大勢の一人なんじゃないの?

南　：信じられない。

瀬名：信じられないのはあなたです。いい年して、親父ぶってるけどさあ、ほんと、ぶりっ子なんだから。

南　：わたしのどこがぶりっ子なの?

瀬名：良くも悪くもね、三十年も生きてきて、人のこと、信用しすぎるって言うの。

南　：そうなの?

瀬名：ほら、またそうやって、素直にすぐ聞く。

南　：そうなの?人のことを信用しすぎるの?

瀬名：はい。だから、浅倉さんにだって逃げられたんでしょ。だいたい、浅倉さん、すごい善良な人なんだよ。その人

に騙されるっていったら、もうよっぽどだよ。

南　：よっぽどばかっていうことだね。

瀬名：とにかく、返事待ったほうがいいよ。

南　：なんの?

瀬名：プロポーズの返事。

南　：プロポーズなんかされてないよ。

瀬名：えっ?

南　：されてないです。ない、ぜんぜん。はん。

瀬名：ああ、そうなんだ。

南　：なにへらへらしてるの?その他大勢の一人だとか思ったんでしょ?私なんて、三十過ぎのババアだし、どうせ一目ぼれなんかされるわけないから、杉崎さんの数いる女の中の一人だとか思ったんでしょう。

瀬名：思ってないよ。

南　：思ったねぇ。

瀬名：言ってないことまで、そうやって怒らないでくださいよ。

南　：言ってなくても目が言っているもん。

瀬名：屁理屈だなぁ。

南　：杉崎さんはね、あんたが、このなんだか汚れた、その心の中で思ってるような杉崎さんじゃないの。すごいいい人だし、誰かと違って、大人の男だし、経済力があるし、結婚するんだったら、杉崎さんみたいな人がいいなあ。だいたいね、あなたになんだかんだと言われたくないの。私と杉崎さんのことは、私と杉崎さんのことであって、あなたには全然関係ないんです。

瀬名：ああ悪かったですね。でもさあ、いい加減いい年して、結婚して、人に幸せにしてもらおうっていう他力本願やめたら。

三、ドラマを見ながらその対話を聞いて、内容に合っているものに〇、合っていないものに×をつけなさい。

　　　①〇　　　　②×　　　　③〇　　　　④×

四、ドラマを見ながらその対話を聞いて、正しい答えをそれぞれ①・②・③・④から選んで、〇をつけなさい。

　　　1.②　　　　2.①　　　　3.③

五、ドラマの対話を聞きながら、次の文を完成させなさい。

　　　① だって、離婚して、バツイチで、子どもがいると聞いたら、それだけでキャパシティ・オーバーで、それ以上 聞く頭が回らなかった んです。

　　　② だってさあ、話（が）うますぎるって。そんな売れっ子のカメラマンがさあ、はるおに 一目ぼれなんかする のって。

　　　③ 信じられないのはあなたです。いい年して、 親父ぶってる けどさあ、ほんと、ぶりっ子なんだから。

　　　④ でもさあ、 いい加減 いい年して、結婚して、人に幸せにしてもらおうっていう 他力本願 やめたら。

聞いた後

六、聞いた対話のあらすじを日本語で話してみなさい。

　　　略

II ニュースの視聴

聞く前に

一、次の文の下線に入れるのに最も適当なものを①・②・③・④から一つ選んで、〇をつけなさい。

　　　1.②　　　　2.①　　　　3.③

二、次の漢字の読み方を書きなさい。

　　　①［まみえ］　　　　　　　②［はね］　　　　③［しゅうのう］

　　　④［じゅうれつちゅうしゃ］　⑤［ゆうどう］　　⑥［しようしゃ］

三、「女性による女性の為の車」――そんな車が、アメリカ最大規模の国際自動車ショーにお目見えします。どんな車なのか、推測してみなさい。

　　　略

聞く（スクリプト）

女性による女性のための自動車とは

「女性による女性の為の車」——そんな車が、今月9日から開かれるアメリカ最大規模の国際自動車ショーにお目見えします。

今回の自動車ショーの中で最も注目されているのは、少し変わったこの車です。スウェーデンの自動車メーカー、ボルボが出したこの車、実は女性だけのチームによって作られました。

その名もYCC「あなたのコンセプトカー」。ターゲットは、ずばり女性です。それでは、これまでとどこが違うかといいますと、まずドアが上下に鳥の羽のように開き、スカートでも乗り降りしやすい設計となっています。

また前のシートの頭の部分が2つに割れています。これはポニーテールの女性も髪の毛を気にせず、運転出来るようにしたものです。更に後ろのシートは、利用しない時には、まるで映画館の席のように上げられ、収納スペースに早代わり。

苦手な人も多い縦列駐車では、コンピューターが精密に誘導してくれます。自動車メーカーの担当者は「初めての画期的な試みだ」と胸を張ります。

問題はお値段、特別仕様車だけに、700万円近くするという声も出ています。もし売り出されたら、あなたは欲しいと思うでしょうか。

四、ニュースの内容に合っているものに〇、合っていないものに×をつけなさい。

　　① 〇　　　② ×　　　③ ×　　　④ ×

五、ニュースを聞いて、正しい答えをそれぞれ①・②・③・④から選んで、〇をつけなさい。

　　1. ②　　　2. ④

六、ニュースを聞きながら、次の文を完成させなさい。

① また前のシートの頭の部分が　2つに割れて　います。これはポニーテールの女性も髪の毛を気にせず、運転出来るようにしたものです。

② 更に後ろのシートは、利用しない時には、まるで映画館の席のように上げられ、収納スペースに　早代わり　。

③　苦手な人も多い　縦列駐車では、コンピューターが精密に誘導してくれます。

聞いた後

七、聞いたニュースのあらすじを日本語で話してみなさい。

　　略

第4課　魔女の条件

Ⅰ　ドラマのシーンの視聴

 A　禁断の愛

聞く前に

一、次の文の下線に入れるのに最も適当なものを①・②・③・④から一つ選んで、〇をつけなさい。

1. ②　　　2. ①　　　3. ②

二、次の漢字の読み方を書きなさい。

①［こうふん］　　　②［とうぶん］　　③［こうかい］

④［ゆうき］　　　　⑤［としごろ］　　⑥［ほんき］

三、次の質問について、あなたの考えや意見を日本語で自由に話してみなさい。

略

聞く（スクリプト）

素子：お帰りなさい。

広瀬：帰ってるのか。未知は。

素子：ええ。あまり興奮しないで、落ち着いて下さいよ。お父さん。ねえ。

広瀬：どこまで親に恥をかかせれば気が済むんだ？おまえは。当分、家から一歩も

出るな。

未知：私、明日学校に行くから。

広瀬：何だと？

素子：未知。

未知：彼にもちゃんと会うつもりだし。

広瀬：お前ってやつは……！

素子：お父さん、止めてよ。

未知：私今までいい子になろうとしてた。顔色ばっかりうかがって、お父さんの言いなりになってた。でもそんなの違う。そんなの本当の私じゃない。彼に会って、そう気付いたの。だから今日のことだって後悔なんかしてない。

広瀬：出て行け！二度と帰ってくるな。

素子：お父さん……

広瀬：お前は黙ってろ！

未知：分かりました。

素子：未知、ちょっと待って……

広瀬：ほっとけ！

＊　＊　＊　＊　＊　＊　＊　＊　＊　＊

鏡子：ただいま。

光　：お帰り。

鏡子：あー何か疲れちゃった。お風呂に入ってもう寝るね。

光　：母さん、話があるんだけど。

鏡子：もう辞めなさい。学校。

光　：え？

鏡子：学校行かなくたって、受験勉強、家で出来るじゃない。アメリカに留学する手もあるんだし。

光　：知ってるんだ。学校で何があったか。俺、先生のことマジだから。俺、今まで自分から何か好きになったこと一度

もなかった。勉強とか、将来のこと考えなきゃいけないとか、嫌いなものならたくさんあったけど。だけど、こんな気持ち初めてなんだ。何ていうか、何でも頑張ろうって気になるし、どんなことにも負けない勇気が湧いてくるし、誰にでも優しくなれる感じで…俺、勉強頑張るから、母さんのためにも、医者になって、この病院継ぐから。

鏡子：光…光くらいの年頃ってね、年上の女の人に憧れるものなの。でもそれは月日が経てば必ず冷めてしまうものなの。悪いこと言わない、あの人のこと忘れなさい。

光　：俺たちはそんなんじゃないんだよ。

鏡子：一時の気まぐれで一生台無しにしてどうするの？

光　：気まぐれじゃない。俺は先生のこと本気で……

鏡子：あなたは……あの人にだまされてるだけなの。

光　：母さんにそんなこと言えんのかよ？家庭教師尾行させたり、携帯の契約勝手に切ったり…母さんがいくら反対しても、学校辞めないから。先生とも絶対に別れない。

四、ドラマを見ながらその対話を聞いて、内容に合っているものに○、合っていないものに×をつけなさい。

　　　①　×　　　　②　○　　　　③　×　　　　④　○

五、ドラマを見ながらその対話を聞いて、正しい答えをそれぞれ①・②・③・④から選んで、○をつけなさい。

　　　1．①　　　　2．③　　　　3．④

六、ドラマの対話を聞きながら、次の文を完成しなさい。

　　　①　どこまで親に　恥をかかせれば気が済むんだ　？おまえは。当分、家から　一歩も出るな　。

② 私今まで＿＿いい子＿＿になろうとしてた。顔色＿＿ばっかりうかがって＿＿、お父さんの言いなりになってた。

③ 光くらいの年頃ってね、年上の女に人に憧れるものなの。でもそれは＿＿月日が経てば必ず冷めてしまう＿＿ものなの。

④ ＿＿一時の気まぐれ＿＿で一生＿＿台無し＿＿にしてどうするの？

聞いた後

七、聞いた対話の内容のあらすじを日本語で話してみなさい。

略

B 教師のプライド

聞く前に

一、次の文の下線に入れるのに最も適当なものを①・②・③・④から一つ選んで、〇をつけなさい。

　　1. ④　　　2. ③　　　3. ①

二、次の漢字の読み方を書きなさい。

　　①［やくにん］　　②［しゅっせ］　　③［いんぼう］

　　④［しかく］　　　⑤［たんにん］　　⑥［れんらく］

三、次の質問について、あなたの考えや意見を日本語で自由に話してみなさい。

略

聞く（スクリプト）

木下：純ちゃん、痛かったか？ごめんよ。もう2度としないから、し、しない。お前にだけは、お父さんの辛さを分かってほしかったんだよ。私がいったい何をしたっていうんだ？あれくらいのお金、役人だったら誰でももらってるんだよ。あれは私の出世を妬むやつの陰謀なんだ。どうして誰も分かってくれないんだ？お前の母親だって出て行くことないじゃないか！ああッ！！俺が何したって言うんだ？ああ！！（ドアチャイムが鳴る）何のご用ですか？

未知：ちょっと純さんとお話を……

木下：娘は外出中です。

未知：じゃあお父様にお話が……

木下：申し訳ない、忙しいんで……

未知：大事な話なんです。

木下：しつこいな、あなたも。あんたに話すことなんか何もないんだ。（グラスが転がる音）

未知：失礼します。

木下：何やってるんだ？あんた！ちょっと、ちょっと！

未知：木下さん、話して。辛いのは分かるけど

木下：何様のつもりだ？あんた。教え子たぶらかして学校から逃げ出したそうじゃないか？あんたみたいな女が、人のこと、とやかく言う資格あるのか！！帰れ！帰ってくれ！！何やってるんだ。純。やめないか、おい！知らん、俺は知らん。し、し、知らん……

未知：確かに、私には、何も言う資格なんかありません。木下さんの担任なのに、何も気付かなかったんですから。でも……でも、足は人を蹴ったり踏みつけにするためにあるんですか？辛くても苦しくても前に進むためにあるんじゃないんですか？手は人を殴るためですか？愛する人に触れたり、抱きしめるためにあるんじゃないんですか？とりあえず私の家に行って。親には連絡しておくから。ごめんね……一緒にいてあげられたらいいんだけど、今はそうも行かないし……そうだ。これ……黒澤君から。

純　：元気なの？あいつ。

未知：ちょっとケガしちゃって……本当はね、黒澤君が来ようとしたの、あなたの所。じゃあ、行くね。何かあったら、いつでも携帯に電話してね。あなたは一人じゃないからね。

純　：ありがとう。先生、ありがとう。

未知：初めてだね。そう呼んでくれたの。でも、私はもう……

純　：先生だよ。何があっても、私には先生だよ。

未知：ありがとう。

四、ドラマを見ながらその対話を聞いて、内容に合っているものに〇、合っていないものに×をつけなさい。

   ① ×   ② ×   ③ 〇   ④ 〇

五、ドラマを見ながらその対話を聞いて、正しい答えをそれぞれ①・②・③・④から選んで、〇をつけなさい。

   1. ③   2. ②   3. ④

六、ドラマの対話を聞きながら、次の文を完成しなさい。

① あれくらいのお金、<u>役人</u>だったら誰でももらってるんだよ。あれは<u>私の出世を妬むやつの陰謀</u>なんだ。

② <u>教え子たぶらかして</u>学校から逃げ出したそうじゃないか？あんたみたいな女が、人のこと、<u>とやかく言う資格</u>あるのか！！帰れ！

③ 確かに、私には、何も言う<u>資格なんか</u>ありません。木下さんの<u>担任</u>なのに、何も気付かなかったんですから。

④ <u>とりあえず</u>私の家に行って。親には連絡しておくから。ごめんね……<u>一緒にいてあげられたらいい</u>んだけど、今はそうも行かないし……

聞いた後

七、聞いた対話の内容のあらすじを日本語で話してみなさい。

略

C 師弟愛の行方

聞く前に

一、次の文の下線に入れるのに最も適当なものを①・②・③・④から一つ選んで、〇をつけなさい。

1. ①　　2. ④　　3. ③　　4. ②

二、次の漢字の読み方を書きなさい。

①［らくえん］　　②［ついほう］　　③［しっと］

④［ねたみ］　　⑤［かちかん］　　⑥［ひなん］

三、次の質問について、あなたの考えや意見を日本語で自由に話してみなさい。

略

聞く（スクリプト）

未知：この時から人間は永遠に楽園から追放されたの。この絵は人間は誰でも生まれた時から弱さとかズルさを持ってるってことが言いたいのかもしれないね。

生徒：何それ…そんなもんないよね。私たち。

未知：そうかなあ。みんな嫉妬とか妬みを持ったことない?自分の価値観や常識から外れた人を非難したり無視したことない?

生徒1：当たり前じゃん。

生徒2：そんなのシカトするに決まってるよね。

生徒：だよね。行こう、行こう。待って。……

光　：また教師やってるんだ?

未知：校長先生が理解のある人で、今までのことを正直に話したら、採用してもらえたの。色々問題のある子ばかりで大変だけど、でも今は、毎日がすごく充実してる気がする。

光　：俺と別れて、よかったってわけだ。

未知：え?

光　：俺なんかいない方が幸せってことだろ。

未知：そういうことじゃないの。

光　：先生は勝手だよ。俺には全てを捨てろって言ったくせに、何やってんだよ!俺のことなんか、もう愛してないんだろ?そうなんだろ?答えろ。

未知：愛してる。

光　：じゃ、何で別れなきゃいけないんだよ!先生は結局、俺より子供の方が大事なんだ。俺なんかいたらジャマなんだ。迷惑なんだよ。

未知：ちがうよ!

光　：俺は、離れても愛してるなんてありえないと思う。分かったよ。俺も先生のこと忘れるよ。誰か他の人を好きになってその人を幸せにする。それでいいだろ?

四、ドラマを見ながらその対話を聞いて、内容に合っているものに〇、合っていないものに×をつけなさい。

    ① ×   ② 〇   ③ ×   ④ ×

五、ドラマを見ながらその対話を聞いて、正しい答えをそれぞれ①・②・③・④から選んで、〇をつけなさい。

    1. ①   2. ②   3. ①

六、ドラマの対話を聞きながら、次の文を完成しなさい。

    ① みんな 嫉妬とか妬み を持ったことない？自分の価値観や 常識から外れた人を非難した り無視したことない？

    ② 自分と価値観が違う人を　シカトする　に決まってるよね。

    ③ 校長先生が　理解のある　人で、今までのことを正直に話したら、　採用してもらえた　の。

    ④ 先生は勝手だよ。俺には　全てを捨てろって　言ったくせに、何やってんだよ！

聞いた後

七、聞いた対話の内容のあらすじを日本語で話してみなさい。

    略

Ⅱ ニュースの視聴

聞く前に

一、次の文の下線をつけた言葉は、どのような漢字を書くか、それぞれ①・②・③・④から選んで、〇をつけなさい。

    1. ④   2. ②   3. ①   4. ①

二、次の漢字の読み方を書きなさい。

    ① ［せそう］   ② ［しきゃく］   ③ ［あっしょう］   ④ ［もえ］

    ⑤ ［こうぼう］   ⑥ ［さんかく］   ⑦ ［なつば］   ⑧ ［けいそう］

    ⑨ ［そうていがい］   ⑩ ［しゅういんせん］

三、次の質問について、あなたの考えや意見を日本語で自由に話してみなさい。

    略

聞く（スクリプト）

流行語大賞に「小泉劇場」と「想定内」

この1年の世相を反映し、話題となった「流行語大賞」が発表されました。

　　　　毎年発表されるお馴染みの流行語大賞。今年は「愛・地球博」、「アスベスト」、「戦後60年」、「ちょいモテ」、「ちょいワル」など60の言葉がノミネートされました。

　　　　この中で、この1年の世相を反映し最も話題になった「年間大賞」に選ばれたのは「小泉劇場」「想定内（外）」でした。「小泉劇場」は、自民党が圧勝した9月の衆院選で繰り広げられた時の言葉。

　　　　「スピリットを奪い取ったと、そんな感じで、まさに『想定外』であります」（自民党武部勤幹事長）

　「想定内」はライブドアの堀江社長がフジテレビとの攻防を巡り、頻繁に使った言葉です。

　「その、小泉劇場であったり、私がちょっと参画してるなという言葉が多数ノミネートというかですね、受賞されて」（ライブドア・堀江貴文社長）

　大賞以外のトップテンには夏場の軽装、「クールビズ」や衆院選で郵政法案反対派に送り込んだ「刺客」などが選ばれました。

　また、秋葉系文化を代表した言葉。「萌え〜」や、今年賑やかにしたレイザーラモンHGさんの「フォー」もトップテン入りしました。　（01日22：05）

四、ニュースの内容に合っているものに〇、合っていないものに×をつけなさい。

　　　① ×　　　　② ×　　　　③ 〇　　　　④ 〇

五、ニュースを聞いて、正しい答えをそれぞれ①・②・③・④から選んで、〇をつけなさい。

　　　1. ①　　　　2. ③　　　　3. ③

六、ニュースを聞きながら、次の文を完成させなさい。

　　① この1年の＿世相を反映し＿、話題となった「流行語大賞」が発表されました。

　　② スピリットを＿奪い取った＿と、そんな感じで、まさに『想定外』であります。

　　③ 今年賑やかにしたレイザーラモンＨＧさんの「フォー」も＿トップテン入り＿
　　　しました。

聞いた後

七、流行語について、あなたの考えを日本語で話してみなさい。

　　　略

第5課　僕だけのマドンナ

ドラマのシーンの視聴

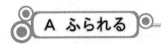 A ふられる

聞く前に

一、次の文の下線に入れるのに最も適当なものを①〜④から一つ選んで、○
をつけなさい。

1. ②　　　　　　2. ①　　　　　3. ④　　　　　4. ②

二、次の漢字の読み方を書きなさい。

①［うんめい］　　②［ふせき］　　③［はんのう］

④［じまん］　　⑤［なかみ］　　⑥［としうえ］

三、次の質問について、あなたの考えや意見を日本語で自由に話してみなさい。

略

聞く（スクリプト）

恭一：だが、これも運命の出会いへの布石だった
んだ。彼女の名前は今村景子さん、
建築学科のアイドルで、コンパの帰
り道が一緒だったことから一回だけ
デートした。付き合い始めたばかり

なので、まだ景子とは呼べない感じだ
けど。

恭一：ごめん、遅くなっちゃって。

景子：ううん、謝るのはこっちだから。

恭一：えっ、何で。

景子：恭一君、ごめんね、やっぱぁ、付き合えない。

恭一：どうした？

景子：恭一君ってさあ①、格好いいんだけどさあ、顔とか②、すごい好きなんだけど、一緒にいると自慢だし……

恭一：あっ、いや、そんな。

景子：でも、中身がつまらない、全然いけてない。ごめんね、じゃね、ほんとごめんね。

恭一：えっ、ちょ、ちょ、ちょっと……

高志：おい、お前、なんか反応しろよ。女にあそこまで言われてさあ。

恭一：こいつは中尾高志、同級生だが、三浪しているので、年上だ。だから、常にえらそうだ。

高志：……逃がした魚はでけえぞ③。俺がなぐさめてやるよ。

恭一：そう、これも布石だったんだ。彼女に振られたのも。

四、ドラマを見ながらその対話を聞いて、内容に合っているものに〇、合っていないものに×をつけなさい。

① 〇　　② ×　　③ 〇　　④ ×

聞いた後

五、恭一は今村景子にどんな理由でふられましたか。

顔（外見）はかっこいいけれど中身がつまらないという理由。

B　不法侵入

聞く前に

一、次の文の下線に入れるのに最も適当なものを①・②・③・④から一つ選んで、〇をつけなさい。

1. ①　　　2. ③　　　3. ④

二、次の漢字の読み方を書きなさい。

① [どうどう]　　　② [はだか]　　③ [ひがいしゃ]

④ [ふほうしんにゅう]　　⑤ [けんり]　　⑥ [かのうせい]

注① 語句の句切れ目の「さあ」「さ」は関東に多い口語。特に若者言葉に多い。意味は無い。

注②「が」「は」を使う代わりに「とか」を使うのは口語の一種。語感を曖昧にする。

注③ 男性の口語「でかい」（大きい）に語気終助詞「ぞ」をつけた形。

聞く（スクリプト）

するみ：あのさあ、ベッドの下の人、こそこそ隠れてないで出ておいでよ。

恭一：どうも。

するみ：いやだな。好きじゃない。そういうの。

恭一：へ？

するみ：自分の部屋でしょ。何、こそこそ隠れてるわけ？男のくせに、何で堂々と待ってないわけ？私がいきなり裸になってたりしたらどうするの？

恭一：どうするって…ああ、すみません。

するみ：何がすみませんなのよ。

恭一：いや、あのう……。

するみ：ねえ、何で君が謝るの？悪いのは私でしょ？

恭一：はい。

するみ：じゃあ、何で謝るのよ。

恭一：すいません。

するみ：君、被害者でしょう。どっちかと言うとさあ、不法侵入してるわけだからさあ、私は。

恭一：はい。

するみ：でしょう。だったら謝っちゃだめじゃん①。

恭一：確かに。

するみ：でしょう？被害者は被害者らしくしないと。一度でも謝っちゃだめだよ。被害者である権利をなくしてしまう可能性もあるからね。わかる？

恭一：ええ、もうわかります。どうもすいませんでした。

するみ：まあ、いいけど。……君、名前は？

恭一：ああ、恭一です。鈴木恭一。

するみ：恭一か。キョンって呼んでいい？

恭一：え？いやですよ、そんな。なんですか。

するみ：かわいいじゃん。キョン。

恭一：いやです。

するみ：じゃ、キョンキョンにするよ。

恭一：いや、何、キョンキョンなんです。キョンキョンは、女だし②。

するみ：キョンキョンにした。

恭一：じゃ、キョンでいいです…じゃなくて、いやです！

するみ：とりあえず、今日は帰るね。

恭一：あっ？あっ？

三、ドラマの対話を聞いて、内容に合っているものに〇、合っていないものに×をつけなさい。

①　×　　　②　×　　　③　×　　　④　〇

四、ドラマの対話を聞きながら、次の文を完成させなさい。

するみ：君、被害者でしょう。①　どっちかって言うと　さあ、不法侵入してるわけだからさあ、私は。

恭一：　はい。

するみ：でしょう。だったら謝っちゃだめじゃん。

注① 「じゃない」の口語「じゃん」。

注② キョンキョンは有名タレントの小泉今日子の愛称。

恭一：　確かに。

するみ：でしょう？被害者は被害者②　らしくしないと　。一度でも謝っちゃだ
　　　　めだよ。被害者である権利を③　なくしてしまう可能性もあるから
　　　　ね。わかる？

聞いた後

五、するみ（女性）と恭一はどんな性格ですか。二人を比べて述べなさい。

　　恭一は自分のベッドに隠れてしまうほど、おとなしくて気が小さいが、するみは
気が強く、よく喋る。恭一の部屋に黙って入ったり、一方的に恭一の呼び方を決め
るなど、自分勝手で自由気ままな性格。

C　敵を知る

聞く前に

**一、次の文の下線に入れるのに最も適当なものを①・②・③・④から一つ選
んで、○をつけなさい。**

　　1. ④　　　　　2. ②　　　　　3. ①

二、次の漢字の読み方を書きなさい。

　　①［てっていてき］　　②［じゃくてん］　　③［かくらん］

　　④［ぎしんあんき］　　⑤［びこう］　　　　⑥［つぶす］

聞く（スクリプト）

するみ：というわけなんですよ。

倉　本：なるほどねえ。

恭　一：めちゃくちゃですよね。

倉　本：破壊工作の組み立てとしては、ただ
　　　　しいね、そういう意味じゃね。

恭　一：破壊工作？

するみ：かっこいいなあ。

倉　本：ふふん。だろう？

恭　一：おい、おい。

倉　本：まず、何よりも大切なのは、敵を知
　　　　るということなんだな。

するみ：はい。なるほど。

恭　一：だから……。

倉　本：徹底的に敵を知り、相手の弱点を掴
　　　　む。それが、破壊工作の第一歩なん
　　　　だなぁ。

するみ：やっぱり……。

恭　一：やっぱりとか、そうやってさあ……

するみ：ちょっと黙って、キョン。

倉　本：そして、しかるのちに、敵の内側に
　　　　情報操作の種を撒き、撹乱する。つ
　　　　まり、相手の心の中に、疑心暗鬼を
　　　　生じさしめる。そういうやつだな。
　　　　集団は、あっという間に、崩壊す

る。内ゲバの始まりだ。

するみ：内ゲバ？

倉　本：仲間同士の潰し合いだ。

するみ：ああ、なるほど。

恭　一：あのさあ……

するみ：何？キョン。

恭　一：何じゃなくてさあ……。

するみ：内ゲバか。

倉　本：うん？そういえば、キョン、この間、
誰かを尾行したとか言ったなあ。

恭　一：えっ。ちょっ、何言ってんですか。

するみ：誰尾行したの？キョン。

恭　一：えっ？ええ、や、してないですよ。
や、ってか、倉本さん、普通にキョ
ンとか呼ばないでくださいよ。

倉　本：そん時にさあ、正しい尾行の仕方を
教えてやるっつってんのに、聞か
ないんだ。こいつはよ。

するみ：教えて。

倉　本：そうか。

三、ドラマを見ながら、警官が話す「破壊工作」の順序を並べなさい。

① 集団が「疑心暗鬼を生ず」状態になる。

② 相手の内側に情報操作の種を撒く。

③ 相手を知り、弱点をつかむ。

④ 集団が崩壊し、仲間同士で潰し合う。

　　　③→　②→　①→　④

四、ドラマの対話を聞きながら、次の文を完成させなさい。

倉本　　：うん？そういえば、キョン、この間、誰かを尾行したとか言ったなあ。

恭一　　：えっ。ちょっ、① 何言って（る）んですか 。

するみ：誰尾行したの？キョン。

恭一　　：えっ？ええ、や、② してないですよ 。や、ってか、倉本さん、普通
にキョンとか ③ 呼ばないでください よ。

 D　微妙

聞く前に

一、次の文の下線に入れるのに最も適当なものを①・②・③・④から一つ選
んで、〇をつけなさい。

　　1. ③　　　　2. ②　　　　3. ③

二、次の漢字の読み方を書きなさい。

　　① [むじょうけん]　　　② [くせ]　　　③ [うつわ]

　　④ [しろうと]　　　⑤ [こいしい]　　　⑥ [ゆうき]

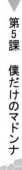

聞く（スクリプト）

恭　一：俺、するみさんが好きです。するみ
　　　　さんが大好きです。男として、好き
　　　　です。

するみ：キョン……

＊　＊　＊　＊　＊　＊　＊　＊　＊　＊

女　将：やったー！よくやった、よくやった
　　　　ね。恭一君。

恭　一：いや、よくやったか何なんだかね。

女　将：よくやったよ、えらい！

小　柄：それでそれで？

恭　一：え、それでって？

小　柄：だからするみちゃん何て？

恭　一：ああ、あの、ありがとうって。

みんな：おおー！

小　柄：それでそれで？

恭　一：あのう、あ、や、それだけです。

小　柄：はい？そ、それだけ？

恭　一：はい。あの、ありがとうキョンっ
　　　　て。それだけ。

みんな：おおー。

小　柄：そりゃ、どういう意味なんだろう
　　　　ね？

恭　一：え、どういう意味なんですか？

女　将：やー、微妙ね。

恭　一：微妙ですか？

女　将：うんん……

恭　一：あ、そっか。

小　柄：微妙っていうのはどういう意味なん
　　　　ですか？微妙、なあ、わかんないな
　　　　あ。

女　将：わかんないから微妙なんでしょう。
　　　　ばーか。

小　柄：すみません。

恭　一：そっか、微妙か、わかんねえな……。
　　　　え？あれ、なんであなたたちに無条
　　　　件で俺、話してるんですか？あれ、
　　　　なんかおかしいな。なんか変なの。

今までそういう人じゃなかったんだ
けどな。

女　将：恋をするとね、恭一君、人は黙っ
　　　　ていられなくなるの。話したくなる
　　　　の。聞いてもらいたくなるの。人が
　　　　恋しくなるの。一人でいたくなくな
　　　　るの。

恭　一：え？そうなんですか？

女　将：そうなんですのよ。

恭　一：あ、でも、なんとなく分かる気がし
　　　　ますね。

女　将：そしてね、恭一君、恋する気持ちは
　　　　周りにうつるのよ。

小　柄：ありがとう、ね。

大　柄：ありがとう。

＊　＊　＊　＊　＊　＊　＊　＊　＊　＊

教　授：ありがとう、ですか。

萌　子：ありがとうって言ったんだ。

するみ：うん。

萌　子：それで？

するみ：それだけ。

萌　子：それだけ？

するみ：だって、それしか言えなかったんだ
　　　　もん。他に何て言えばいいの？

萌　子：いやあ、私にはわかんないけどさ。

するみ：あのね、ちょっと驚いちゃってさ。

萌　子：何が？

するみ：キョンがさ、すっごい、なんていう
　　　　か、男に見えたんだよね。

教　授：なるほど。

萌　子：あたりまえじゃない？そんなの。

するみ：そうなんだけど。そしたらさ、な
　　　　んか、どきどきしちゃって。キョン
　　　　の目をまともに見れなくってさ。あ
　　　　りがとうって言うのがやっとだった
　　　　んだ。なんか、すっごいどきどきし
　　　　た。どう思う？教授。

教　授：え？ああ、私はその、こと恋愛に関しましては、ずぶの素人と申しますか……とてもするみさんの相談にのれるような器ではないんですが。返事を待ってるんじゃないんでしょうか、彼は。

するみ：え？返事？

萌　子：そうよ、ねえ。

教　授：ええ。おそらく。

するみ：どうしよう。

萌　子：どうしようっていうか、どうしたいのよ。

するみ：わかんない、そんなの。

萌　子：自分の気持ちが、分からなくなってきてるんでしょう。うん？そうなんでしょう。

教　授：自分の気持ちが、ですか。

萌　子：この子はそうなんです、困った子なんです。昔からそうなんですよ。じゃ

あ、私があんたの気持ちを整理してあげる。よく聞きなさい。いい、あんた……

するみ：あ！いい。いい、言わないで。なんかさ、自分でちゃんと考えたほうがいいような気がする。そうしないとキョンに悪いような気がする。

萌　子：へえ、成長したじゃない。

するみ：出かけてくん（る）ね。

萌　子：キョンのとこ？

するみ：えっ？

萌　子：もしそうなら、ふざけたり、ちゃかしたりしたらだめよ。あんた緊張するとすぐふざける癖（が）あるから。勇気ふりしぼって告白したんだから彼は。いい、わかった？

するみ：うん。

教　授：いってらっしゃい。キョンによろしく。

三、ドラマを見ながらその対話を聞いて、正しい答えをそれぞれ①・②・③・④から選んで、〇をつけなさい。

1. ②　　　　2. ③　　　3. ④

四、ドラマの対話を聞きながら、次の文を完成させなさい。

① そしてね、恭一君、恋する気持ちは　周りにうつる　のよ。

② 私はその、こと恋愛に関しましては、　ずぶの素人　と申しますか……とてもするみさんの　相談にのれる　ような器ではないんですが。

③ もしそうなら、ふざけたり、　ちゃかしたりしたらだめ　よ。あんた緊張するとすぐふざける癖（が）あるから。

聞いた後

五、聞いた対話のあらすじを日本語で話してみなさい。

略

第5課　僕だけのマドンナ

Ⅱ ニュースの視聴

聞く前に

一、次の文の下線に入れるのに最も適当なものを①・②・③・④から一つ選んで、〇をつけなさい。

　　1. ④　　　2. ②　　　3. ①

二、次の漢字の読み方を書きなさい。

　　① [へんぼう]　　　② [せんでん]　　③ [ちせい]　　④ [いっぱんこうぼ]
　　⑤ [さんぴりょうろん]　　⑥ [いっぺん]　　⑦ [せんぞく]
　　⑧ [しゅつえん]　　⑨ [ひにく]　　⑩ [くったく]

三、次の質問について、あなたの考えや意見を日本語で自由に話してみなさい。

　　略

聞く（スクリプト）

中国の「人造美女」、全身整形ほぼ完成

　中国で全身20カ所近くを整形すると、世間に公表し、話題となった女性。去年の夏、この時間にお伝えしましたが、彼女の全身整形がほぼ完成。またまた中国社会を騒がせています。その変貌ぶりはどうなのでしょうか。

　去年7月、カク・ロロさんは美容整形病院の宣伝キャンペーンに一般公募しました。

　「将来は美しさと知性と優しさ、全てを兼ね備えた女性になりたい」（整形前のカク・ロロさん）

　美容整形は当たり前の中国でもカメラの前に出ることはまだまだタブーで、賛否両論、中国社会はどよめきました。

　別に痛かったわけではないのですが顔に注射器が近づいただけで泣き出してしまいました。それでもカク・ロロさんは辛抱強く、全身20カ所近くを半年がかりで手術しました。

　去年の12月、全身整形はほぼ完成、仕上げの段階に入りました。そして、彼女の生活は一変します。

　今ではすっかり有名人になった彼女は、中国各地のテレビ局を駆け回っています。この日は山東省のテレビ局で人気トーク番組に出演。今では、専属のマネージャーもついていて、彼女は人気タレントの仲間入りをしています。

「新聞・テレビなど60余りのメディアに出演しました。楽しいですよ。少し疲れるけどね」（整形後のカク・ロロさん）

中国のマスコミがつけたニックネームは、中国一の「人造美女」。軽い皮肉も込められているが、彼女は一向に気にする様子もありません。

「整形を悪く言う人もいます。『親からもらった体に手を入れるなんて』と」、「（Q.後悔しませんか？）、とんでもない。後悔なんかしません」（整形後のカク・ロロさん）

中国社会の壁を壊したいと意気込む彼女に自らの将来について尋ねると、「まだ考えていないが、少しお金持ちになってみたい」と屈託がありません。（6日17：55）

四、ニュースの内容に合っているものに〇、合っていないものに×をつけなさい。

　　　　① ×　　　　　② 〇　　　　　③ 〇　　　　　④ ×

五、ニュースを聞いて、正しい答えをそれぞれ①・②・③・④から選んで、〇をつけなさい。

　　　1. ④　　　　　2. ③　　　　　3. ④

六、ニュースを聞きながら、次の文を完成させなさい。

　　① 別に痛かったわけではないのですが顔に　注射器が近づいただけで　泣き出してしまいました。

　　② 全身整形はほぼ完成、　仕上げの段階　に入りました。

　　③ 中国社会の壁を壊したいと　意気込む　彼女に自らの将来について尋ねると……

聞いた後

七、聞いたニュースのあらすじを日本語で話してみなさい。

　　　略

第6課　AROUND 40

I ドラマのシーンの視聴

A　アラフォー　緒方聡子

聞く前に

一、次の文の下線に入れるのに最も適当なものを①・②・③・④から一つ選んで、○をつけなさい。

1. ②　　　　　2. ③　　　　　3. ①

二、次の漢字の読み方を書きなさい。

① ［せだい］　　　　② ［ふわく］　　　　③ ［せいしゅんき］

④ ［きんとう］　　　⑤ ［きろ］　　　　　⑥ ［どうき］

三、次の質問について、あなたの考えや意見を日本語で自由に話してみなさい。

略

聞く（スクリプト）

　　アラウンドフォーティーと呼ばれる世代がある。例えば、この女性は2008年の9月不惑の40歳を迎える。この世代は80年代のバブル経済の真っただ中で青春期を過ごしてきた。彼女達は男女雇用機会均等法世代とも言われ、仕事、恋愛、結婚、出産という多様な選択肢の中から自分の生き方を選べる時代の象徴だった。しかし、現在、そんな時代を走り続けてきた故に、迷い多き人生の岐路に立たされようとしている。そんな彼女達を人はアラウンドフォーティー略してアラフォーと呼ぶ。

患者1：精神科ってなんか来るのがこわくて、このまま入院させられるんじゃないかって。

聡 子：心配しないで、あなたの場合、うつ状態といっても軽度ですから、通院でも十分治りますよ。早く来てくれてよかったわ。一緒に治していきましょうね。

患者2：全然治る気がしません。昨日もね頑張ったんです。でも人込みに出ると、動悸も息切れもするんです。

聡 子：頑張ってるじゃないですか。明日は駅の改札まで行きましょう。今のあなたなら大丈夫です。お薬もきちんと飲んでいるみたいだし。

患者3：もう飲みません。今の薬、効かないんです。この前のサーッと効く安定剤、また出してください。

聡 子：おつらいのは分かりますが、それはできません。あなたのためにもなりませんから。もう少し今の薬で続けてみましょう。

患者3：時間がないんです。私、もう29なのに、婚約破棄だなんて……どうしていいのか分かりません。もう30になっちゃう。

聡 子：もう29とか30とか言っても考え方一つだと思うな。ねえ、ここにお水があるけど、どう思う？もう半分、それともまだ半分。考え方一つで現実の見え方が変わると思うなぁ。

四、ドラマを見ながらその対話を聞いて、内容に合っているものに○、合っていないものに×をつけなさい。

　　① ○　　　　② ×　　　　③ ×　　　　④ ○

五、ドラマを見ながらその対話を聞いて、正しい答えをそれぞれ①・②・③・④から選んで、○をつけなさい。

　　1. ②　　　　2. ③　　　　3. ④

六、ドラマの対話を聞きながら、次の文を完成しなさい。

① この世代は　80年代のバブル経済の真っただ中　で青春期を過ごしてきた。彼女達は　男女雇用機会均等法世代　とも言われ、仕事、恋愛、結婚、出産という多様な選択肢の中から自分の生き方を選べる時代の象徴だった。

② 現在、そんな時代を走り続けてきた故に、　迷い多き人生の岐路　に立たされようとしている。そんな彼女達を人は　アラウンドフォーティー　略してアラフォーと呼ぶ。

③ 心配しないで、あなたの場合、　うつ状態といっても軽度　ですから、通院でも十分治りますよ。

④ ここにお水があるけど、どう思う？もう半分、それともまだ半分。考え方一つで　現実の見え方が変わる　と思うな。

七、聞いた対話の内容のあらすじを日本語で話してみなさい。

略

B 結婚願望

聞く前に

一、次の文の下線に入れるのに最も適当なものを①・②・③・④から一つ選んで、〇をつけなさい。

1. ②　　　2. ③　　　3. ③

二、次の漢字の読み方を書きなさい。

①［かたはば］　　②［じかく］　　③［しじょうかち］

④［せんげん］　　⑤［へんしゅう］　　⑥［ろうご］

三、次の質問について、あなたの考えや意見を日本語で自由に話してみなさい。

略

聞く（スクリプト）

聡　子：年齢は40歳から44歳の方を希望しています。

スタッフ：ずいぶんストライクゾーンが狭いですね。44歳までというのを見直してみませんか。

聡　子：45だと四捨五入して50ですよね。それはちょっと……あっ、大切なこと忘れてました。肩はがっちりした人でお願いします。それから、絶対初婚で。

スタッフ：緒方様。

聡　子：はい。

スタッフ：よく若いって言われませんか。

聡　子：ああ、言われます。

スタッフ：でも、それはあくまでも年のわりに若く見えるということなんです。どんなに若く見えようと39歳は39歳、まずはそのことを自覚していただかないと。

聡　子：それくらいのこと言われなくても分かってます。

スタッフ：分かっていらっしゃいません。

聡　子：分かってます。

スタッフ：はっきりと申し上げます。女性の市場価値は30を過ぎると、ジワリジワリと下がっていき、35を過ぎると、ガクンガクンと下がっていきます。つまり、子供を持つことを望む男性会員の多くは、35歳までの女性を望んでいらっしゃるんです。そのことを理解していただかないと、ご入会はお勧めできません。どうなさいますか。

＊＊＊＊＊＊＊＊＊＊＊＊＊＊＊＊＊＊＊＊＊

大橋：40歳、おめでとう。

一同：おめでとう。

瑞恵：ああ、とうとう40になっちゃったわ
　　　よ。人生の選択肢がどんどんなくなっ
　　　ていく感じね。昨日までは30歳と同類
　　　だったのに、今日からは49歳と同類な
　　　のよね。

大橋：ぼくと奈央と聡子は同類だね。独り者
　　　同士。

聡子：なんでマー君と同類なの？ねえ。

瑞恵：さて…

聡子：おいしい。

瑞恵：いただきます。

奈央：報告があるんだ。

瑞恵：何？

聡子：マンション買った？

奈央：ううん。私、結婚する。

大橋：冗談、冗談。奈央は結婚しない宣言し
　　　てんだから。

奈央：冗談じゃないの。ものすごく急だけ
　　　ど、結婚することになりました。

瑞恵：お相手は？

奈央：新庄高文っていう人。

瑞恵：ええッ。あの、あの、ライフスタイル
　　　プロデューサーの？

奈央：うん、知っている？

瑞恵：もちろん。

大橋：知らない。

瑞恵：すごいじゃない。

大橋：何やってる人？

聡子：もう、奈央。びっくりさせないでよ。

奈央：ごめんね。先輩、結婚しないで楽しく
　　　やろうとか言ってたのに。

聡子：何言ってんの？そんなの謝ることじゃ
　　　ないでしょ。

大橋：どうして結婚しないって言ってたの
　　　に。

奈央：うん、編集長になれなくて。初めて

結婚のことを考えるようになったん
だ。

大橋：でも、ずいぶん急じゃない？

奈央：結婚するなら自分にとって今がラスト
　　　チャンスかなと思って。

聡子：ラストチャンス？

奈央：もう35だし。

聡子：まだ35じゃない？

奈央：彼、私のことを本当に大切に思ってく
　　　れてるんだなっていうことが分かっ
　　　たから、後になって結婚しとけばよ
　　　かったなって後悔するのいやだし。
　　　私、仕事だけじゃ、もう勝てない。
　　　先輩みたいに高収入じゃないから、
　　　やっぱり25年ローンを払いながら、老
　　　後の資金ためるの大変だし。先輩み
　　　たいにずっと続けられる仕事と違っ
　　　て、やりたいことを任せてもらえる
　　　かどうかもわかんない仕事だし、私
　　　は先輩みたいになれないから。

聡子：なれないじゃなくて、なりたくなかっ
　　　たんじゃないの。

奈央：先輩、おめでとうって言ってくれない
　　　の？

聡子：幸せなの？

奈央：どういう意味？

聡子：新雑誌の編集長になれなかったから、
　　　勝てないと思ったの？奈央にとって
　　　勝つって何？奈央はさあ、自分が幸
　　　せかどうかより、人に幸せそうに見
　　　られることのほうが大切なんだよ
　　　ね。結婚もそうなんじゃないの。…
　　　ちがう？

奈央：それって、いけないこと？

聡子：ほんとうに幸せかどうか聞いている
　　　の。

奈央：先輩はどうなの？それで幸せなの？

聡子：それで？あたしは幸せじゃないという

こと？

奈央：ちゃんと現実を見ようとしないじゃ
　　　ない。いつまでも若いわけじゃない
　　　のよ。

大橋：奈央、やめろよ。

瑞恵：聡子も、ねえ。

聡子：それで。結婚式はいつ？

四、ドラマを見ながらその対話を聞いて、内容に合っているものに〇、合っていないものに×をつけなさい。

①〇　　②〇　　③×　　④〇

五、ドラマを見ながらその対話を聞いて、正しい答えをそれぞれ①・②・③・④から選んで、〇をつけなさい。

1. ①　　2. ②　　3. ③

六、ドラマの対話を聞きながら、次の文を完成しなさい。

① 45だと　四捨五入　して50ですよね。

② 女性の市場価値は30を過ぎると、　ジワリジワリ　と下がっていき、　35　を過ぎると、　ガクンガクン　と下がっていきます。

③ とうとう40になっちゃったわよ。　人生の選択肢　がどんどんなくなっていく感じね。昨日までは30歳と　同類　だったのに、今日からは　49歳　と同類なのよね。

④ 私、仕事だけじゃ、もう勝てない。先輩みたいに高収入じゃないから、やっぱり　25年ローンを払い　ながら、　老後の資金　ためるの大変だし。

聞いた後

七、聞いた対話の内容のあらすじを日本語で話してみなさい。

略

C 変人同士

聞く前に

一、次の文の下線に入れるのに最も適当なものを①・②・③・④から一つ選んで、〇をつけなさい。

1. ④　　2. ①　　3. ①　　4. ②

二、次の漢字の読み方を書きなさい。

① [りんしょう]　　② [はっけん]　　③ [ごうきゅう]

④ [ひげき]　　　　　⑤ [きげき]　　　　　⑥ [ぶんべつ]

三、次の質問について、あなたの考えや意見を日本語で自由に話してみなさい。

　　略

聞く（スクリプト）

聡　子：失礼します。あっ、おはようございます。

副院長：緒方先生のために、院長を口説きましたよ。新しい臨床心理士の岡村先生。

岡村：岡村です。よろしくお願いします。

聡子：緒方です。よろしくお願いします。

（回想）

岡村：ケチじゃなくてエコ。

恋人：私よりケチを取るんだ。

岡村：ケチじゃなくてエコ。

聡子：結婚できない男、再発見。

……

聡子：ここの病院以外、どこかで働いてるの？

岡村：週3回、カウンセリングルームで働いてます。

聡子：今までは？

岡村：心理士の仕事はそれだけで、あとは全然違うバイトをしてました。

聡子：そう。ああ、どうぞ。

岡村：すいません。

聡子：ねえ、臨床心理士から見た最近の患者さんについて、何か思うことがあったら話してくれる？どんなことでもいい、ざっくばらんに。

岡村：そうですね。……あっ、患者さんじゃないんですけど、この前、ちょっとびっくりすることがあったんです。

聡子：どんな？

岡村：30代の女性だと思うんですけど、結構ちゃんとした服装した女の人が、電車のホームで号泣してたんです。

聡子：ホームで号泣……珍しい人がいたのね。

岡村：その人、号泣する前に、電車に向かって、置いてかないでって叫んだんです。僕はそこに現代独身女性の悲劇を見ました。

聡子：どうしてその人が独身だって思ったの？

岡村：どうしてだろう？何の理由もなく独身女性だと思いました。

聡子：どうしてそれが悲劇なの？

岡村：見方によっては喜劇かもしれない。

聡子：喜劇なわけないでしょう？

岡村：やっぱり悲劇です。

聡子：ねえ、その人のこと、かわいそうって思った？

岡村：かわいそうなのか？自業自得なのか？僕には分かりません。

聡子：自業自得なわけないでしょうが。

岡村：そうかもしれません。でも、どこからどう見ても幸せそうには見えませんでした。

聡子：勝手に決めないでよ。たかがホームでちょっと泣いちゃったぐらいで……

岡村：あれ？あっ、もしかして、あの時の女性は……

聡子：いいの。気にしないで。

岡村：すみませんでした。

聡子：なんで謝るの？

岡村：いや。

聪子：実は私もあなたが彼女にふられるの見ちゃったから、私よりケチを取るんだ。さようならって。

岡村：ケチじゃなくてエコです。

聪子：なぜむきになるの？これぐらいのことで、だからふられるのよ。

岡村：電車のホームで号泣する人に言われたくありません。

岡村：こっちも、彼女よりケチを取るような人に幸せそうじゃないなんて言われたくないから。

岡村：ケチじゃなくてエコです。どうです？地球に対して優しい気持ちになれば、幸せがやってくるかもしれません。

聪子：私が幸せかどうかは私が決める。

岡村：あ、ゴミの分別。

聪子：言うと思った。

岡村：はあ？

聪子：わざとよ。

四、ドラマを見ながらその対話を聞いて、内容に合っているものに〇、合っていないものに×をつけなさい。

① ×　　② 〇　　③ 〇　　④ ×

五、ドラマを見ながらその対話を聞いて、正しい答えをそれぞれ①・②・③・④から選んで、〇をつけなさい。

1. ④　　2. ②　　3. ②

六、ドラマの対話を聞きながら、次の文を完成しなさい。

① 緒方先生のために、院長を＿口説きました＿よ。新しい臨床心理士の岡村先生。

② 臨床心理士から見た最近の患者さんについて、何か思うことがあったら話してくれる？どんなことでもいい、＿ざっくばらんに＿。

③ ＿号泣する＿前に、電車に向かって、＿置いてかないで＿って叫んだんです。

僕はそこに現代独身女性の悲劇を見ました。

④ かわいそうなのか？＿自業自得＿なのか？僕には分かりません。

聞いた後

七、聞いた対話の内容のあらすじを日本語で話してみなさい。

略

Ⅱ ニュースの視聴

聞く前に

一、次の文の下線をつけた言葉は、どのような漢字を書くか、それぞれ①・②・③・④から選んで、〇をつけなさい。

    1. ②   2. ④   3. ①   4. ②   5. ③

二、次の漢字の読み方を書きなさい。

    ① ［いくじきゅうか］   ② ［いぜん］   ③ ［こうせいろうどうしょう］

    ④ ［じゅぎょういん］   ⑤ ［しゅとく］   ⑥ ［うきぼり］

三、次の質問について、あなたの考えや意見を日本語で自由に話してみなさい。

    略

聞く（スクリプト）

男性育児休暇取得 依然進まず

    企業で働く男性のうち、妻が出産した際に育児休暇を取った人は、1.6％にとどまり、依然として男性の育児休暇の取得が進んでいないことが、厚生労働省の調査でわかりました。

    この調査は、厚生労働省が去年10月、従業員5人以上の全国1万余りの事業所を対象に行ったもので、60％余りから回答がありました。それによりますと、おととし4月からの1年間に出産した女性のうち、育児休暇を取得したのは89.7％で、調査が始まった平成8年度以降、最も高くなりまし

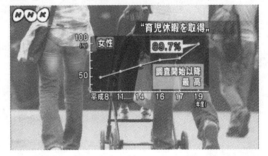

た。これに対し、妻が出産した際に育児休暇を取得した男性は1.6％にとどまりました。これは2年前の調査より1.1ポイント増えましたが、依然として男性の育児休暇の取得が進んでいない実態が浮き彫りとなっています。また、従業員が仕事と子育てを両立できるよう、残業をなくしたり勤務時間を短くしたりできる制度を導入している企業は、半数にとどまっています。厚生労働省では「職場の人手不足や会社への遠慮などから、休暇を取得できない男性がまだほとんどだ。育児休暇を取りやすい職場環境になるよう法律の見直しを含め、さらに対策を検討したい」と話しています。

四、ニュースの内容に合っているものに〇、合っていないものに×をつけなさい。

    ① ×   ② ×   ③ 〇   ④ ×

五、ニュースを聞いて、正しい答えをそれぞれ①・②・③・④から選んで、○をつけなさい。

1. ④　　　2. ①　　　3. ③

日语视听说教程（一）参考用书

六、ニュースを聞きながら、次の文を完成させなさい。

① 企業で働く男性のうち、妻が出産した際に育児休暇を取った人は、<u>1.6%にとど まり</u>、依然として男性の<u>育児休暇の取得</u>が進んでいません。

② この調査は、厚生労働省が去年10月、<u>従業員5人以上</u>の全国１万余りの<u>事業所</u>を 対象に行ったものです。

③ 調査によると、おととし4月からの1年間に出産した女性のうち、育児休暇を取得 したのは<u>89.7%</u>です。

④ 妻が出産した際に育児休暇を取得した男性は2年前に行われた前回調査より<u>1.1ポ イント</u>増えたが、依然として男性の育児休暇の取得が進んでいない実態が<u>浮き 彫り</u>となっています。

⑤ <u>職場の人手不足</u>や会社への遠慮などから、休暇を取得できない男性がまだほとん どだ。

聞いた後

七、聞いたニュースのあらすじを日本語で話してみなさい。

略

第7課　佐々木夫婦の仁義なき戦い

I　ドラマの抜粋の視聴

　A　知り合い　

聞く前に

一、次の文の下線に入れるのに最も適当なものを①・②・③・④から一つ選んで、○をつけなさい。

　　1. ①　　　　　2. ③　　　　　3. ②

二、次の漢字の読み方を書きなさい。

　　① [おい]　　　　　② [しんこう]　　　　③ [ぶつめつ]

　　④ [ふくろこうじ]　　⑤ [きょぜつ]　　　⑥ [きそん]

三、次の質問について、あなたの考えや意見を日本語で自由に話してみなさい。

　　略

聞く（スクリプト）

ナレーション：それはアメリカの大富豪JPモルガンの甥ジョージ・モルガンが祇園の芸子お雪と結婚した100年後、アフガニスタン侵攻に反対し、日本はモスクワオリンピックをボイコットしてから25年後、ジョージ・ブッシュが2期目の大統領就任演説をした日、2005年1月20日仏滅、弁護士、佐々木法倫は人生の袋小路にいた。職場では、同僚にもさじを投げ

日语视听说教程（一）参考用书

られ、学生時代のマドンナに二度目の告白をしたが、袖にされ、しかも、やけくそで入った店で注文した料理は、この世のものとは思えぬほど、

法　倫：まずい。

ナレーション：その瞬間、彼はこの世の全てに自分が拒絶されているように感じた。

律　子：大丈夫よ。お兄さん。どんだけまずくても、ソースとマヨネーズさえつけとけば、何とかなるから。よし。まあ、だまされたと思って、食べてみなよ。ねっ。

法　倫：うまい。

ナレーション：その瞬間、彼は、この世の全てに自分が祝福されているように感じた。彼は思った。

律　子：おじさん、これ、ありがとう。

店　主：あいよ。

ナレーション：ソースとマヨネーズがあれば、行き詰まった人生を変えることができるのではないかと。

法　倫：あの。お名前は。

律　子：律子。宇野。

法　倫：すごいですね。

律　子：今日は、ボンドガールなんです。

法　倫：やられた。

ナレーション：町を歩けば、誰もが振り返る美貌。

法　倫：弁護士なんですか。

律　子：えっ、まずいですか。

法　倫：ああ、いや。あっ、じゃあ、この間の配信記事の名誉棄損事件の判決、どう思います？

律　子：現実を無視してますよね。憲法第21条の…表現の自由の優越な地位を軽く見て…

ナレーション：打てば響くような知性の持ち主。

法　倫：しまった。始まっちゃいましたよ。

律　子：あっ。

法　倫：最初のシーン見逃すなんて映画見る意味ないですよね。

律　子：いいじゃないですか。10分ぐらい適当に想像すれば。

ナレーション：しかも、性格はいたっておおらか。

律　子：あっ、残したら、お酒の神様に怒られんじゃないかと思って。

ナレーション：少し理解不能なところを含め、彼には彼女のやることなすこと全てがすばらしく見えた。

四、ドラマを見ながらその対話を聞いて、内容に合っているものに○、合っていないものに×をつけなさい。

① ○　　② ×　　　③ ○　　　　④ ×

五、ドラマを見ながらその対話を聞いて、正しい答えをそれぞれ①・②・③・④から選んで、○をつけなさい。

1. ④　　2. ③　　　3. ②

六、ドラマの対話を聞きながら、次の文を完成しなさい。

① 学生時代のマドンナに二度目の告白をしたが、袖にされ……

② まあ、だまされたと思って、食べてみなよ。

③ ソースとマヨネーズがあれば、行き詰まった人生を変えることができるのではないかと。

④ 打てば響くような知性の持ち主。

聞いた後

七、聞いた対話の内容のあらすじを日本語で話してみなさい。

略

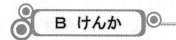 B けんか

聞く前に

一、次の文の下線に入れるのに最も適当なものを①・②・③・④から一つ選んで、○をつけなさい。

1. ②　　　2. ③　　　3. ①

二、次の漢字の読み方を書きなさい。

① [いじ]　　　② [かって]　　　③ [はくだつ]
④ [しんがい]　　　⑤ [いちがい]　　　⑥ [じゅにん]

三、次の質問について、あなたの考えや意見を日本語で自由に話してみなさい。

略

聞く（スクリプト）

律子：不自然かな。

法倫：何やってんだ？

律子：携帯落ちてたよ。はい。

法倫：よく気づきましたね。あんなとこ。

律子：さっき鳴ってたんで。バイブでも音するじゃない。

法倫：最後の着信は30分以上前だけど。はあ。恥ずかしくないのか。こんなマネ。

律子：先にやったのはそっちじゃない。

法倫：やったんだな。

律子：そっちこそ。

法倫：君に分かってほしくて、やったんだよ。誰もやらなかったら、家の中こんなことになるし、こんなことになったら、住めたもんじゃないだろう。うまいこと、僕一人に押し付けるんじゃなくて、二人で協力して維持するべきだと思わないか。二人の家なんだから。

律子：悪いけど、私、あなたに何かやってくれなんて1回も頼んだことありませんけど。掃除だって、あなたがきれい好きで勝手にやってることでしょ。

それを私がやらせたみたいに言われても困るんですけど。

法倫：ああ、そうだ。確かに君がやらせたわけじゃない。君はただ何もやらなかっただけだ。だけど見ろよ。誰かがやらないと、こういう状態になるんだよ。つまり何もやらないということはこういう状態を作り出すということだ。この状態は僕の人間らしく生きる権利を剥奪している。ゆえに何もやらないという君の行為は僕に対する人格権の侵害だ。

律子：この状況を一概に人格権の障害とは言えないはずよ。なぜなら、そもそも夫婦には民法上相互協力義務があり、おのおのが得意とする分野で協力すべきで、また生育環境の異なる夫婦が同居する以上、相手に対する受忍義務があり、この状況をどう感じるかは個人差が…

法倫：君がどれだけ無神経なのか知らないが、俺にとってはそのくらいのことだ。我慢できるか、こんなことっ。このゴキブリ女。

律子：ゴキブリ？

法倫：ああ、こんなごみん中で生活できるなんて、ゴキブリか君ぐらいのもんだろう。

律子：離婚よ。離婚。くもの巣頭。

四、ドラマを見ながらその対話を聞いて、内容に合っているものに〇、合っていないものに×をつけなさい。

　　① 〇　　② ×　　③ 〇　　④ ×

五、ドラマを見ながらその対話を聞いて、正しい答えをそれぞれ①・②・③・④から選んで、〇をつけなさい。

　　1. ②　　2. ③　　3. ③

六、ドラマの対話を聞きながら、次の文を完成しなさい。

　① 恥ずかしくないのか。こんなマネ。

　② こんなことになったら、住めたもんじゃないだろう。

　③ 掃除だって、あなたがきれい好きで勝手にやってることでしょ。

　④ こんなごみん中で生活できるなんて、ゴキブリか君ぐらいのもんだろう。

聞いた後

七、聞いた対話の内容のあらすじを日本語で話してみなさい。

　　略

C 離婚しよう

聞く前に

一、次の文の下線に入れるのに最も適当なものを①・②・③・④から一つ選んで、〇をつけなさい。

　　　1. ③　　　　　2. ③　　　　　3. ②

二、次の漢字の読み方を書きなさい。

　　　① [しょうちょう]　　　② [こばら]　　　③ [でまえ]

　　　④ [ゆうし]　　　　　　⑤ [あさはか]　　　⑥ [ついやす]

三、次の質問について、あなたの考えや意見を日本語で自由に話してみなさい。

　　　略

聞く（スクリプト）

法倫：僕は君と結婚してからの記録をもう一度調べてみたんだ。

律子：で、どうだったの。結果は？

法倫：象徴的なのは、冷えたチャーハン事件だ。あれは2005年の山本KID徳郁対宇野薫戦。後10分で試合が始まるというとき、小腹がすいた僕たちは、残っていた出前のチャーハンを食べようということになった。僕はごく普通に暖め直し、現状回復を主張したが、君はそのまま現状有姿で食べることを主張。

律子：冷えたという要件事実を付加されたことによる効果を考えないところが、あなたの人生をつまらなくしてるんじゃないの。

法倫：暖め直してみようと思わないことが君の人生を浅はかなものにしてると思うけどね。

法倫：だめだ。崩れるじゃないか。チャーハンの丸いきれいな円が…

法倫：チャーハンを温め直すかどうかが人としての行き方まで話が及んで3時間。

当然試合はまったく見られず、しかもあろうことかチャーハンまで無駄にしてしまった。むなしすぎたよ。

律子：私、あのとき、半分ずつにしようって言ったわよ。

法倫：それだけじゃない。記録をたどると…

律子：うん？

法倫：牛乳パックは共有物だ。よって、個人の独占は許されない。

律子：つまり、あなたは私とチューも…

法倫：牛乳パックの直飲みはオッケーかオッケーでないかで、2時間12分。

法倫：何でいつも縦に開けるんだよ。

律子：だって、縦に開けた方がお皿になるじゃん。

法倫：ポテトチップスは縦に開けるべきか、横に開けるべきかで1時間58分。3年間の結婚生活で、この種のくだらない論争に費やした時間は、738時間36分。もし80まで生きるとしたら、492日間何も食わず一切眠らず、言い争うことになってしまう。実にばかばかしい。

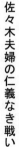

四、ドラマを見ながらその対話を聞いて、内容に合っているものに○、合っていないものに×をつけなさい。

① ×　　　② ○　　　③ ×　　　④ ○

五、ドラマを見ながらその対話を聞いて、正しい答えをそれぞれ①・②・③・④から選んで、○をつけなさい。

1. ②　　　2. ③　　　3. ①

六、ドラマの対話を聞きながら、次の文を完成しなさい。

① 僕はごく普通に暖め直し、現状回復を主張したが、君はそのまま現状有姿で食べることを主張。

② チャーハンを温め直すかどうかが人としての行き方まで話が及んで3時間。

③ ポテトチップスは縦に開けるべきか、横に開けるべきかで1時間58分。

④ もし80まで生きるとしたら、492日間何も食わず一切眠らず、言い争うことになってしまう。

聞いた後

七、聞いた対話の内容のあらすじを日本語で話してみなさい。

略

Ⅱ ニュースの視聴

聞く前に

一、次の文の下線をつけた言葉は、どのような漢字を書くか、それぞれ①・②・③・④から選んで、○をつけなさい。

1. ②　　　2. ③　　　3. ①　　　4. ③　　　5. ②

二、次の漢字の読み方を書きなさい。

① [こうぶつ]　　　② [えきしょう]　　　③ [うすがた]

④ [あらた]　　　⑤ [きしょう]　　　⑥ [せいれい]

三、次の質問について、あなたの考えや意見を日本語で自由に話してみなさい。

略

聞く（スクリプト）

　鉄やアルミなど多くの鉱物資源が使われる家電製品のリサイクルを進めようと、政府は、来年春から液晶テレビや衣類乾燥機などについてもリサイクルを義務づけることになりました。

　エアコン・冷蔵庫・洗濯機、それにブラウン管テレビの４種類の家電製品については法律でリサイクルが義務づけられており、これらの製品を廃棄する消費者はリサイクルのための料金を支払う必要があります。これに加えて、政府は、販売台数が伸びている液晶やプラズマの薄型テレビそれに衣類乾燥機についても、

新たにリサイクルを義務づけることになりました。これらの製品からは、鉄や銅それにアルミといったさまざまな鉱物資源を回収することができ、薄型テレビにはインジウムなどのレアメタル＝希少金属が多く使われています。資源価格の高騰が続くなか、政府は、リサイクルの対象となる家電製品を増やすことで資源の有効活用を図りたいとしています。今後は政令を改正するとともに、リサイクル料金をいくらにするのか決めたうえで、来年春から薄型テレビなどのリサイクルを始めることにしています。

　四、ニュースの内容に合っているものに〇、合っていないものに×をつけなさい。

　　①　×　　　　②　〇　　　　③　×　　　　④　×

　五、ニュースを聞いて、正しい答えをそれぞれ①・②・③・④から選んで、〇をつけなさい。

　　1.　③　　　　2.　②　　　　3.　③

　六、ニュースを聞きながら、次の文を完成しなさい。

　　①　これらの製品を廃棄する消費者はリサイクルのための料金を支払う必要があります。

　　②　政府は、最近販売台数が伸びている液晶やプラズマの薄型テレビそれに衣類乾燥機についても、新たにリサイクルを義務づけることになりました。

　　③　これらの製品からは、鉄や銅それにアルミといったさまざまな鉱物資源を回収することができる。

　　④　政府は、リサイクルの対象となる家電製品を増やすことで資源の有効活用を図りたいとしています。

　　⑤　今後は政令を改正するとともに、リサイクル料金をいくらにするのか決める。

聞いた後

　七、聞いたニュースのあらすじを日本語で話してみなさい。

　　略

第8課　リアル・クローズ

I ドラマのシーンの視聴

A 神保部長就任

聞く前に

一、次の文の下線に入れるのに最も適当なものを①～④から一つ選んで、〇
をつけなさい。

1. ③　　　2. ①　　　3. ③

二、次の漢字の読み方を書きなさい。

① ［はながた］　　② ［あくま］　　③ ［しにせ］　　④ ［かっとう］

⑤ ［ほんろう］　　⑥ ［ざつよう］　　⑦ ［しつかん］　　⑧ ［ゆうべん］

⑨ ［はっしん］　　⑩ ［とうかつ］　　⑪ ［ぎょうかい］　　⑫ ［げきせん］

三、自分のファッションやクラスメートの服装について、日本語で説明しなさい。

服装の種類――語彙を必要に応じて導入。

ボトム		ジーンズ、ミニスカート、ショートパンツ
トップス		ワンピース、ブラウス、シャツ、Tシャツ、タンクトップ
デザイン色		サイズ、Vネック、Uネック、襟、丈、ウエスト、ボタン、ベルト、ポケット、無地、花柄、水玉、チェック
素材		綿、皮、ニット、ダウン、ウール
よく使う形容	色	鮮やか、濃い、薄い、
	デザイン	流行の、ベーシックな、派手な、地味な、上品な、かわいらしい、甘い
	サイズ	ぴったり、ゆったり、きつい

聞く（スクリプト）

上司：天野さん、天野さん、一言あいさつお願いします。

天野：はい。あのー、リビングから異動になりました天野絹恵です。服の事は分からないので、どんな雑用でもふってください。よろしくお願いします。

店員（拍手）

神保：その三体に着せたのは誰？

店員：はい。

神保：一秒。

店員：え？

神保：あなたが選んだ服にお客様が足を止める時間。一秒。もしくはそれ以下。

　　　ディスプレイは売り場のエントランス。玄関で立ち止まらなければ、中へ入ってさえいただけない。この巻き物はいまいち。質感を勉強なさい。色よりも光のほうが雄弁。たしかにこの服、パンツをアピールするのはセオリー。でも、マーケティング依存型のやり方ではどんどんお客様が高齢化します。欧米発信のモードを追うだけでは、少数の服好きしか着てくれません。大切なのはお客様の信頼を勝ち取る事。あの売り場に行けば必ず素敵な洋服に出会えるという信頼。

　　　このたび、婦人服の統括部長に就任しました神保美姫です。百貨店激戦区であるこの銀座で、当社の売り上げは第二位。トップを目指すためには、売り上げの5割を超える婦人服部門を強化する事。それが私の使命です。婦人服で勝つことが業界で勝つことです。越前屋婦人服売り場を全く新しい、誰も見た事のないような売り場にします。……返事。

一同：はい！

神保：けっこう。

四、ドラマの対話を聞いて、内容に合っているものに〇、合っていないものに×をつけなさい。

　　① ×　　　② ×　　　③ ×　　　④ 〇

五、ドラマを見ながらその対話を聞いて、正しい答えをそれぞれ①・②・③・④から選んで、〇をつけなさい。

　　1. ④　　　2. ④　　　3. ①

六、ドラマの対話を聞きながら、次の文を完成させなさい。

① ディスプレイは売り場の＿エントランス＿。

② 玄関で立ち止まらなければ、＿中へ入ってさえいただけない＿。

③ 質感を勉強しなさい。＿色よりも光のほう＿が雄弁。

④ ＿マーケティング依存型＿のやり方ではどんどんお客様が高齢化します。

⑤ 越前屋婦人服売り場を、全く新しい、＿誰も見た事のないような売り場＿にします。

聞いた後

七、神保部長が最も「大切だ」と言っていることは何ですか。

「あの売り場に行けば必ず素敵な洋服に出会える」という客の信頼を勝ち取る事です。

日语视听说教程（一）参考用书

B 試着

聞く前に

一、次の文の下線に入れるのに最も適当なものを①・②・③・④から一つ選んで、〇をつけなさい。

　　1. ②　　　　　2. ④　　　　　3. ③

二、次の漢字の読み方を書きなさい。

① [へんぴん]　　　② [さんか]　　　③ [みじゅく]

④ [すじあい]　　　⑤ [なかみ]　　　⑥ [ないめん]

三、次の質問について、あなたの考えや意見を日本語で自由に話してみなさい。

　　略

聞く（スクリプト）

天野：テーラード・ジャケット、シフォン・ブラウス（※薄く裾が広がった重ね着しやすいブラウス）、Aライン・ワンピ（※Aの形に見える古典的なワンピース）、アース・カラー（※地球色、自然の色）。

佐々木：天野さん。

天野：はい。

佐々木：ちょっとお話が。

（店の裏で）

佐々木：これ、返品されました。店員さんに似合うと言われて、その気になったけれど、家で着てみたら変で、自分がみっともなく思えたと。

客：　かわいいけど……どうかしら？

天野：お似合いです。

佐々木：天野さん、私たちは販売のプロです。口先だけのセールスなんかされちゃ、売り場の評判も販売員のモチベーションも下がります。洋服、なめないで欲しいんです。

天野：別になめてなんか……

佐々木：失礼お正直ですけど、天野さん自身がかのけないですよ、部屋も、メークも、お客様は、すてきな人にアドバイスされたいんです。剥げたネイル、かかとの減った靴、そんなダサい販売員に勧められた洋服を買いたいと思いますか？洋服を愛して下さい。

（売り場にて）

天野：はー（溜息）。なんか違う。もー、なんで？

佐々木：コーディネートがイメージできなかったら、まず、自分で着てみたら？試着室、自由に使っていいわよ。

天野：ありがとうございます。

（試着室で）

天野：かわいーい！こんなん着たら達也何て言うかなー。

部長：どう？そのドレス。

田淵：どういうつもりだ、その格好は。

天野：あの、試着……試着を。けっこう流行のラインだし。

田淵：何を言っているんだ。そのドレスはな……

部長：流行。そうねえ……そのラインが流行るのは4度目ね。エンパイア・スタイル。3度目の流行は1804年、ナポレオンの帝政期、2度目は1400年代、ルネッサンス期。ルネッサンスの意味は分かる？再生、復興、ギリシャ・ローマ文明に戻ろうという人文主義よ。人間性、個性の尊重、感性の解放がテーマ。分かる？人間賛歌よ。それを分かって、流行りと言っているのね？自分に本当に似合っているかどうか、鏡をよくご覧なさい。

田淵：頼むから早く脱いでくれ。それはお前が袖を通せるようなドレスではない。

天野：え？

田淵：ミラノの老舗ブランド、ロカテッリ。神保部長が長い交渉の末、日本の百貨店で始めて契約にこぎつけた。デザイナー本人が、うちのために手がけた世界にたった一枚しかないドレスなんだ。そのドレスが、お前に似合うとでも思うのか。

部長：無駄よ。彼女は自分を知らないし、自分が行く先も見えていない。何の判断もなく、目の前のお洋服をただ着てみただけのお猿さん。

天野：謝ってください。仕事上の批判や意見ならなんでも聞きます。でも、自分を知ってるとか知らないとか、そんな内面のことまで、とやかく言われる筋合いはありません。

部長：内面？

天野：人間は、見た目はすべてじゃないと思います。

部長：見た目がすべてじゃない。中身があやふやな人間にかぎってそう言うの。中身が見た目ににじみ出るのよ。だから見た目でわかるの。外見を含めて自分だと受け入れられない人は未熟な人間でしょう。手…。

四、ドラマを見ながらその対話を聞いて、内容に合っているものに〇、合っていないものに×をつけなさい。

① ×　　② ×　　③ 〇　　④ ×

五、ドラマを見ながらその対話を聞いて、正しい答えをそれぞれ①・②・③・④から選んで、〇をつけなさい。

1. ③　　2. ②　　3. ①

六、ドラマの対話を聞きながら、次の文を完成させなさい。

① 口先だけの＿セールス＿なんかされちゃ、売り場の評判も販売員の＿モチベ

ーション　も下がります。

② 頼むから早く脱いでくれ。それはお前が　袖を通せる　ようなドレスではない。

③ 見た目がすべてじゃない。中身があやふやな人間にかぎってそう言うの。　中身が見た目ににじみ出るのよ　。だから見た目でわかるの。外見を含めて自分だと　受け入れられない人　は未熟な人間でしょう。

聞いた後

七、天野さんか試着した赤いドレスはどんなドレスですか。

イタリア（ミラノ）の老舗ブランドの物。
神保部長が交渉して契約した物。
日本の百貨店で始めて入荷した物。
デザイナー本人がこの百貨店のために作った物。
世界に一枚しかないドレス。

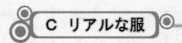 **C リアルな服**

聞く前に

一、次の文の下線に入れるのに最も適当なものを①・②・③・④から一つ選んで、○をつけなさい。

1. ①　　2. ②　　3. ①

聞く（スクリプト）

部長：やってみる？

天野：え？あ、まさか！

部長：でしょうね。

天野：あ……

部長：あなた、いくつ。

天野：25です。

部長：迷い時ね……。あたしがその頃はもうお局様と呼ばれていたわ。仕事も中途半端、結婚もできてない。それより何より自分で自分が分からない。だからボディーに何を着せたらよいのかも分からなかった。

天野：とても信じられません。神保部長にそんな時期があったなんて。

部長：リアル・クローズというコンセプト、今どこに行っても耳にするわね。

天野：あの、たしか、生活に根ざした日常でも着られる上質な服。

部長：定義はどうでもいいわ。あたしにとってリアルな服は、着る人の人生にフィットする服。それが数千万のドレスであろうと、500円のTシャツであろうと。鏡を見ることから始めたわ。

天野：鏡？

部長：何が欠点で、どこがコンプレックスなのか。自分が何を持ち、何を求め、どんな人間になりたいのか。自分を知らなければ似合う服など分からない。本当の自分から目をそらしたままでは、本当の人生はいつまでたっても始まらない。5年後、10年後、あなたはどこで何をしたいの。あなたの行く先は？

天野：あ、あの……

部長：自分の服も分からないようじゃ、流されるだけよ。つまらないものを着ていると、つまらない一生になる。出かけるわよ。

天野：はい。

＊　＊　＊　＊　＊　＊　＊　＊　＊　＊　＊　＊　＊

天野：あのう……、あのう、もしよろしかったら、質問の答を聞いてくださいますか。

部長：質問？

天野：五年後、十年後の私の行く先。正直（言って）、部長のような女性には一生なれそうもありません。だから、自分の足で歩いて、ほんとうに似合う服を見つけたいです。鏡に映る自分を、好きになりたいから。

部長：結構。何突っ立ってんの？天野。リアルな人生、始めるんでしょう。

天野：はい。

二、ドラマを見ながらその対話を聞いて、内容に合っているものに〇、合っていないものに×をつけなさい。

　　① ×　　　② 〇　　　③ 〇　　　④ 〇

三、ドラマを見ながらその対話を聞いて、正しい答えをそれぞれ①・②・③・④から選んで、〇をつけなさい。

　　1. ②　　　2. ②

四、ドラマの対話を聞きながら、次の文を完成させなさい。

　　① 迷い時ね…。あたしがその頃はもうお局様と　呼ばれていた　わ。仕事も　中途半端　、結婚もできてない。

　　② あたしにとってリアルな服は、着る人の人生に　フィットする　服。それが数千万の　ドレス　であろうと、500円の　Tシャツ　であろうと。

　　③ 自分の服も分からないようじゃ、　流されるだけ　よ。つまらないものを着ていると、　つまらない一生　になる。

　　④ 自分の足で歩いて、　ほんとうに似合う服　を見つけたいです。鏡に映る自分を、好きになりたいから。

聞いた後

五、ここに、これからあなたのために服を作ってくれるデザイナーがいるとします。このデザイナーに「理想の自分」と「理想の服装」について話してみなさい。靴やバッグ、帽子などでもいいです。

　　略

Ⅱ ニュースの視聴

聞く前に

一、次の文の下線をつけた言葉は、どのような漢字を書くか、それぞれ①・②・③・④から選んで、〇をつけなさい。

    1. ③   2. ②   3. ①   4. ④   5. ③   6. ②

二、次の漢字の読み方を書きなさい。

    ① [けいざいさんぎょうしょう]   ② [がら]   ③ [もうけられた]
    ④ [ろっぽんぎ]   ⑤ [せんもんし]   ⑥ [ひろう]

三、次の質問について、あなたの考えや意見を日本語で自由に話してみなさい。

    略

聞く（スクリプト）

若手が新ファッション発表

　新しいファッションを日本から世界に発信しようという催し、「日本ファッション・ウィーク」が今日かち始まりました。

　この催しは、東京をパリやミラノなどと並ぶファッションビジネスの拠点にしようと、大手アパレルメーカーや経済産業省などが開いているもので、今日から5日間、国内や海外で活動するデザイナー37人によるファッションショーが行われます。今日は、レインコートや傘に色とりどりの柄をプリントした作品や、日本で開発された薄いナイロン素材を使ったワンピースなどが披露されました。「日本ファッション・ウィーク」は、若手デザ

イナーの発表の場として年々、注目の度合いが高まっております。ことしは海外から訪れるバイヤーやジャーナリストの数が3年前の3倍以上に増えています。フランスのファッション専門誌の記者は「今、ヨーロッパでは日本のファッションがはやっているので、若い人たちがどのようなデザインを発表するのか見にきました」と話していました。また、作品を発表したデザイナーの1人は「グローバル化が進んでいるなかで、もはやパリにこだわる必要もない。東京から世界に向かっていけるコレクションを作っていきたいと思います」と話していました。

四、ニュースの内容に合っているものに〇、合っていないものに×をつけなさい。

    ① ×   ② 〇   ③ 〇   ④ ×

五、ニュースを聞いて、正しい答えをそれぞれ①・②・③・④から選んで、○をつけなさい。

    1. ④   2. ④   3. ①

六、ニュースを聞きながら、次の文を完成させなさい。

① 若手デザイナーが、＿斬新な作品＿を発表するファッションショーが開かれています。

② 東京を＿パリやミラノなどと並ぶ＿ファッションビジネスの拠点にしよう。

③ 1日は、レインコートや傘に色とりどりの柄を＿プリントした＿作品や、日本で開発された＿薄いナイロン素材＿を使ったワンピースなどが披露されました。

④ ＿グローバル化＿が進んでいるなかで、もはやパリに＿こだわる＿必要もない。

⑤ 東京から世界に向かっていける＿コレクション＿を作っていきたいと思います。

聞いた後

七、聞いたニュースのあらすじを日本語で話してみなさい。

    略

第9課　白い巨塔

I　ドラマのシーンの視聴

A　同窓ライバル

聞く前に

一、次の文の下線に入れるのに最も適当なものを①・②・③・④から一つ選んで、〇をつけなさい。

1. ③　　　2. ①　　　3. ③

二、次の漢字の読み方を書きなさい。

①［すいぞう］　　②［じてん］　　③［こんち］

④［しょうれい］　　⑤［へいはつ］　　⑥［べつじょう］

三、次の質問について、あなたの考えや意見を日本語で自由に話してみなさい。

略

聞く（スクリプト）

財前：間違いない。膵臓ガンだな。

里見：やはりそう思うか。

財前：ああ、普通の内科医なら、胃ガンが発見された時点で安心してしまうところだろうが、さすがだな、よく見つけたよ。

里見：君ならオペで何とかできるか？

財前：うん、根治の可能性が高い珍しい症例だ。こっちから頼んでも切らせてもらいたいね。とにかく患者を診てみよう。

里見：うん、お願いするよ。だが……

財前：何だ？

里見：患者側にはまだ胃ガンだということを
　　　告知していない。オペにも恐怖心を抱
　　　いている。そのあたり慎重に頼む。

財前：分かった。

里見：うん。

財前：痛いのはここですか？

緑　：はい。

財前：結構です。ゆっくり起き上がってくだ
　　　さい。

緑　：はい。

小西：先生。

財前：今ご説明します。ガンですね。ごく初
　　　期の胃ガンと、おそらく膵臓ガンを併
　　　発しています。

里見：財前。

財前：よかったですね。

小西：よかった？

財前：里見先生のおかげで早期発見できまし
　　　た。膵臓ガンというのは手遅れになっ
　　　て、手術できないケースが多いんで
　　　す。あなたは幸運です。

緑　：手術するんですか？おなか切るんです
　　　か。

財前：ガンですからね。オペで取り除かなけ
　　　ればなりません。

小西：命に別状は？妻助かるんでしょうか？

娘　：ママ。

財前：大丈夫です、わたしが手術を引き受け
　　　ますから、必ずガンはきれいに取って
　　　みせます。

小西：財前先生がじきじきに切ってくださる
　　　んですか？

財前：はい。ですから、大丈夫です、約束し
　　　ます。

緑　：あの……あの、どうぞよろしくお願い
　　　します。

小西：お願いします。

里見：おい、財前！一体どういうつもりだ？
　　　前もって告知は慎重にやってくれって
　　　言ったはずじゃないか。

財前：慎重に考えたうえで告知をしたつもり
　　　だが……

里見：どこが慎重なんだ！なあ、財前。君は
　　　膵臓ガンのオペができるというので、
　　　舞い上がったんじゃないのか？

財前：確かに初期の膵臓ガンは拾いものだ。
　　　ほかの医者には渡したくない。しか
　　　し、里見、ガンはガンだ。治癒しう
　　　る。もう告知を渋る時代じゃないよ。

里見：それは外科医の傲慢だ。人間は悪いと
　　　こ取り去れば元気になるってもんじゃ
　　　ないだろ。患者の痛みや不安にアプロ
　　　ーチしなければ、真の治療とは言えな
　　　いんじゃないか？それに……

財前：それに？

里見：なぜオペをすれば、大丈夫だと断言し
　　　た？転移が分からない段階で無責任じ
　　　ゃないか。

財前：転移の可能性は極めて低い。そもそも
　　　治せないかもしれないなんて言ってる
　　　医者に自分の命を預ける患者がいるの
　　　か？現に彼女は僕の言葉によってガン
　　　を受け入れた。そして、手術を受ける
　　　勇気を持てたじゃないか。インフォー
　　　ムド、コンセントだ、何だと専門的な
　　　言葉を並べて、患者に媚を売るより、
　　　絶対に大丈夫という強いひと言のほう
　　　が患者は安心するものだ。じゃあ…

里見：医者は神様じゃない。患者と同じ人間
　　　だ。

財前：青臭い議論はやめよう、それより治療
　　　を急いだほうがいい、違うか？オペル
　　　ームを確保して、連絡するよ。

四、ドラマを見ながらその対話を聞いて、内容に合っているものに〇、合っていないものに×をつけなさい。

    ① 〇   ② 〇   ③ ×   ④ ×

五、ドラマを見ながらその対話を聞いて、正しい答えをそれぞれ①・②・③・④から選んで、〇をつけなさい。

    1. ④   2. ④   3. ③

六、ドラマの対話を聞きながら、次の文を完成しなさい。

    ① 根治の可能性が高い珍しい症例だ。こっちから <u>頼んでも切らせてもらいたい</u> ね。

    ② 患者側にはまだ胃ガンだということを告知していない、オペにも <u>恐怖心を抱いている</u> 。そのあたり慎重に頼む。

    ③ ガンはガンだ。治癒しうる。もう <u>告知を渋る</u> 時代じゃないよ。

    ④ インフォームド、コンセントだ、何だと専門的な言葉を並べて、患者に <u>媚を売る</u> より、絶対に大丈夫という強いひと言のほうが患者は安心するものだ。

聞いた後

七、聞いた対話の内容のあらすじを日本語で話してみなさい。

    略

B 卑怯者か

聞く前に

一、次の文の下線に入れるのに最も適当なものを①・②・③・④から一つ選んで、〇をつけなさい。

    1. ②   2. ①   3. ④

二、次の漢字の読み方を書きなさい。

    ① [にってい]   ② [しょしん]   ③ [みおとす]

    ④ [じんぎ]   ⑤ [うがい]   ⑥ [ひきょう]

三、次の質問について、あなたの考えや意見を日本語で自由に話してみなさい。

    略

聞く（スクリプト）

財前：オペの日程が決まった。これから書類を回しておくよ。

里見：頼む。

財前：初診で膵臓ガンを見落とした先生には、君のほうから仁義を切っといてくれ。

里見：分かった。鵜飼教授には俺のほうから話しとく。

財前：鵜飼教授？見落としたのは鵜飼教授だったのか？

里見：それが？

財前：まずいな。

里見：どうした？

財前：いや、悪いが、オペはほかのヤツに頼んでくれ、僕は降りる。

里見：おい、おい、ちょっと待ってくれ。君はさっき「膵臓ガンは拾いものだ。自分で切りたい」と言ったばか

りじゃないか。

財前：それはそうだが。鵜飼教授の見落とした患者を切ったりしたら、あとがうるさいからな。

里見：君はまさか鵜飼教授が医学部長だから、自分の将来を考えて降りると言ってんのか？

財前：僕はそんな卑怯な男じゃないよ。ただ鵜飼教授に恥をかかせて、ウチの東教授につまらんことでも言われると、大学病院というところでは、いろんなことがやりづらくなる。

里見：医者である限り、どんな場合でも、患者の命を守るために全力を尽くすべきじゃないのか。

財前：医者は神様じゃない。人間だからな。

四、ドラマを見ながらその対話を聞いて、内容に合っているものに〇、合っていないものに×をつけなさい。

　　① ×　　　② 〇　　　③ 〇　　　④ 〇

五、ドラマを見ながらその対話を聞いて、正しい答えをそれぞれ①・②・③・④から選んで、〇をつけなさい。

　　1.　③　　　　2.　③　　　　3.　④

六、ドラマの対話を聞きながら、次の文を完成しなさい。

　① オペの日程が決まった。これから　書類を回しておく　よ。

　② 初診で膵臓ガンを見落とした先生には、君のほうから　仁義を切っといて　くれ。

　③ 君はさっき「膵臓ガンは　拾いもの　だ。自分で切りたい」と言ったばかりじゃないか。

　④ 僕はそんな　卑怯な男　じゃないよ。ただ鵜飼教授に　恥をかかせて　、ウチの東教授に　つまらんことでも言われる　と、大学病院というところでは、いろんなことがやりづらくなる。

聞いた後

七、聞いた対話の内容のあらすじを日本語で話してみなさい。

略

C 野心に燃える

聞く前に

一、次の文の下線に入れるのに最も適当なものを①・②・③・④から一つ選んで、〇をつけなさい。

1. ③　　2. ①　　3. ②　　4. ④

二、次の漢字の読み方を書きなさい。

① [さぐり]　　② [ぼうけん]　　③ [よわき]

④ [いき]　　⑤ [たいかん]　　⑥ [みりょく]

三、次の質問について、あなたの考えや意見を日本語で自由に話してみなさい。

略

聞く（スクリプト）

ケイ子：うーん。五郎ちゃんも大胆ね。お義父さんに探りを入れられたのに、堂々と誘うなんて。

財　前：婿養子にも冒険が必要だからな。

ケイ子：ふん。ずいぶん疲れてるみたいね。

財　前：わがままな特診患者の相手でくたびれたんだ。

ケイ子：うん？１日に３つのオペをこなしても平気で私に会いに来る人が？

財　前：あいつと話したせいかもしれない。

ケイ子：あいつって里見先生？五郎ちゃんを揺さぶることができるのは、偉い人じゃない、強い人でもない、里見先生みたいに自分自身を信じてる人だわ。

財　前：分かったようなことを言うな。

ケイ子：そんな弱気で教授選大丈夫？お義父さん意気込んでたけど、ホントにお金で票が買えるのかしら？

財　前：ここまで来たらどんな手段に訴えてでも教授の椅子を取るよ。何しろ10数年に１度、教授が退官するときにしか回ってこないチャンスだからね。必ず手に入れて見せるよ。

ケイ子：そんな強気の人が夜の海を見て、人並みにセンチメンタルになったりするもんじゃないわ。あなたの魅力はね、何の疑問もなく医学部に入ったお坊ちゃんなんかが持ち合わせていない、あざとさとしぶとさと厚かましさよ。その辺の男

と同じようにすぐにあきらめたり、身の程知ってしまうようなら五郎ちゃんじゃないわ。

財　前：見くびるなよ。俺はあきらめたりなんかしない。弱気にもならない。俺には腕があるからな。

四、ドラマを見ながらその対話を聞いて、内容に合っているものに〇、合っていないものに×をつけなさい。

　　① 〇　　　② 〇　　　③ ×　　　④ ×

五、ドラマを見ながらその対話を聞いて、正しい答えをそれぞれ①・②・③・④から選んで、〇をつけなさい。

　　1. ④　　　2. ③　　　3. ②

六、ドラマの対話を聞きながら、次の文を完成しなさい。

　① お義父さんに＿探りを入れられた＿のに、堂々と誘うなんて。

　② お義父さん＿意気込んでた＿けど、ホントにお金で票が買えるのかしら？

　③ ここまで来たらどんな＿手段に訴えてでも＿教授の椅子を取るよ。何しろ10数年に1度、教授が退官するときにしか＿回ってこない＿チャンスだからね。

　④ その辺の男と同じようにすぐにあきらめたり、＿身の程知ってしまうようなら＿五郎ちゃんじゃないわ。

聞いた後

七、聞いた対話の内容のあらすじを日本語で話してみなさい。

　　略

Ⅱ ニュースの視聴

聞く前に

一、次の文の下線をつけた言葉は、どのような漢字を書くか、それぞれ①・②・③・④から選んで、〇をつけなさい。

　　1. ④　　　2. ①　　　3. ③　　　4. ②　　　5. ④

二、次の漢字の読み方を書きなさい。

　① ［ひがいひん］　　　② ［たくわえる］　　　③ ［せっとうようぎ］
　④ ［きょくたん］　　　⑤ ［どろぼうごてん］　　　⑥ ［けんけい］

聞く（スクリプト）

泥棒生活20年で5千万円の御殿建築

泥棒生活、20年。その稼ぎで手に入れたものとはなんと、自分で設計した5000万円の泥棒「御殿」でした。捕まえた警察官もびっくりしたそのドロボーの素顔に迫ります。

ずらりと並んだ空き巣の被害品（約1200点）。カメラやオーディオなどの電化製品。金貨や、380万円余りの値札が着いた宝石、また、帯封の着いた札束など、現金も1200万円余りあります。男は、1人で盗み出したこれらの被害品を貯えて「生涯で最も大きな買い物」をしたのです。

男は20年間に及ぶ泥棒生活で貯えた資金で、6年前、茨城・取手市に住宅を新築で購入しました。自分で設計し、支払いは現金一括だったという事です。

この家の持ち主が窃盗容疑で千葉県警に逮捕された山口慎弥容疑者（42）。20歳を過ぎた頃から盗みに手を染め、20年間に渡って東北地方から、関東、関西、広島に至るまで泥棒を繰り返してきたといいます。

そして貯えた現金5000万円で買ったのが、この家。地上3階、地下1階建てで、総面積は、およそ200平方メートルという広さでしたが、極端に窓が少なく、周囲でも不審に思われていた泥棒御殿だったのです。

「盗んだ品を売ると足がつく」と用心深く自宅に隠し、20年間一度も捕まらなかった山口容疑者。 盗んだ車で起こした事故がきっかけで今回、逮捕となりましたが、フロッピーディスクの中に今までの盗みの記録を残していると見られ、県警で分析を進めています。 （19日 17：16）

四、ニュースの内容に合っているものに〇、合っていないものに×をつけなさい。

① 〇　　　② ×　　　③ ×　　　④ 〇

五、ニュースを聞いて、正しい答えをそれぞれ①・②・③・④から選んで、〇をつけなさい。

1. ③　　　2. ④　　　3. ③

六、ニュースを聞きながら、次の文を完成させなさい。

① ＿ずらりと並んだ＿ 空き巣の被害品はカメラや ＿オーディオ＿ などの電化製品や宝石などがある。

② ＿帯封の着いた札束＿ など、現金も1200万円余りある。

③ 男は20年間に及ぶ泥棒生活で　貯えた　資金で、6年前、　茨城・取手市　に
　　住宅を新築で購入した。

④ 購入した住宅は自分で設計し、支払いは　現金一括　だった。

⑤ 　用心深い　山口容疑者は20年間一度も捕まらなかったが、今までの盗みの
　　記録を　フロッピーディスク　の中に残している。

聞いた後

七、聞いたニュースのあらすじを日本語で話してみなさい。

　　略

第10課　バスストップ（1）

I　ドラマのシーンの視聴

 **A　運命的な出会い**

聞く前に

一、次の文の下線に入れるのに最も適当なものを①～④から一つ選んで、〇をつけなさい。

1. ④　　　2. ①　　　3. ②　　　4. ③

二、次の漢字の読み方を書きなさい。

① [たなばた]　　　② [じみ]　　　③ [ためいき]　　④ [てきれい]

⑤ [へんにゅう]　　⑥ [こごと]　　⑦ [ひとめぼれ]

⑧ [いっせいちだい]　⑨ [はらんばんじょう]　⑩ [しょうみきげん]

三、日本語との出会いについて、日本語で話してみなさい。

略

聞く（スクリプト）

小次郎：会社を辞めておれについてきてくれるんじゃなかったか。

夏生：幸せ、捨てちゃったかな…。

武蔵：幸せ、拾ったばい…。
　　　お仕事ですか。みたいな。仕事に決ま

ってるしな。お美しいですね。いきなりもな。お仕事大変ですね。（マイクを通して）お仕事、お仕事、大変ですね。笹島コーポレーションの方ですか。あっ、うちの会社、系列だって知

ってます？東西バス。知ってますよ
ね。いつも帰りこんな遅いん（で）
すか。やあ、でも、親会社からの最終
バスって、めったに人乗ってこないか
ら、びっくりしましたよ。ええ。しぶ
しぶ引き受けたもんですけどね、つい
ているというかね。あっ、今日、七夕
じゃないんですか。ねえ、なんか、こ
れ、なんかの縁ですかね。

夏生：ちょっと。

武蔵：はい。はい、はい。何ですか。

夏生：ちょっと黙っててくれませんか。

武蔵：はい。

夏生：あ、そうだ。ねえ。

武蔵：あっ、はい。

夏生：このバス、北町で止まります？

武蔵：なんですって？

夏生：このバス、北町で止まりますか。

武蔵：ああ、あのう、これねえ、駅までの直
通なんですよ。だから、あのう、止ま
らないんですけど、そばを通ります
よ。はい。ああ、そういやねえ、今朝
ね、あの辺でねえ、煙上げてねえ、お
きっぱなしの車がいたんですよ。それ
がねえ、バスの専用レーンに止まって
たもんですからねえ、もう、すっごい
迷惑かかちゃってねえ、あれ、何てい
うかなあ、外車かなあ、あのう、黄色
いこじゃれた車。レッカーされて当然
ですよ。

夏生：レッカーされちゃったの？その車。

武蔵：うん、うん。

武蔵：あ、そうだ。お客さん、きょうだいい
ますか。や、あしたね、うちの妹、田
舎から上京してくるんですよ。ええ。
あのう、地元の短大に通ってたんです
けど、なんか物足りないっつってね、
それで、秋からこっちの短大に編入す
るんですよ。

夏生：そう。

武蔵：ええ。これがねえ。うるさい妹だよね
え。顔を見たら小言ばっかり（なん）
ですよ。でも、きょうだいっていいん
ですよね。

夏生：いくつ？

武蔵：あ、三十三です。

夏生：妹さん。

武蔵：ああ、十九です。この春に高校を卒業
しました。

夏生：うちの弟はフリーター。

武蔵：いくつですか。

夏生：今年二十三。

武蔵：いや、あなたです。

夏生：いくつに見えてる？

武蔵：二十三です。

夏生：遅いわよ。

武蔵：はい。身長は？

夏生：166。

武蔵：ふーん。

夏生：あんたに関係ないでしょう。

武蔵：あの、結婚は？

夏生：嫌味？

武蔵：あっ、見合いってしたこと（が）あり
ます？

夏生：喧嘩売ってんの？

武蔵：いや、あのう、僕、最近ね、見合い勧
められちゃって、そろそろ結婚でもし
ろって。

夏生：そろそろ？

武蔵：ええ、そろそろって。

夏生：ちょっと待ってよ。結婚にそろそろな
んてある？

武蔵：あっ、適齢期ってことですかねえ。

夏生：誰が賞味期限切れてんのよ。

武蔵：賞味期限？

夏生：そろそろ結婚でもってね、結婚って惰
性でするもの？それって相手に失礼じ
ゃない？

武蔵：ああ。

夏生：やっと仕事も覚えて楽しくなってきた時に、そろそろ結婚でもしようかって、それだけならいいよ。夫婦で働く人だってたくさんいるんだし。でも、結婚するんだから、君も仕事をやめないかって、ちょっと待ってよ。それじゃ、あまりの身勝手すぎよ、私の気持ちはどうなるのよ。

武蔵：えっ？

夏生：だから、言ってやったわよ。

武蔵：あっ、何って？

夏生：私を本当に愛してるなら、あなたが仕事をやめてって。そんなこと思ってないけど、私の気持ちもわかって欲しかったから、わざと言ってやったのよ。

武蔵：そうしたら。

夏生：飛んでった。

武蔵：飛んでった？

夏生：アメリカに行ったということよ。

武蔵：ああ、転勤ということですか。ああ、よかった。

夏生：うん？

武蔵：あっ、いや。

夏生：（ため息）

武蔵：そう（で）すか。はい。

四、ドラマの対話を聞いて、内容に合っているものに○、合っていないものに×をつけなさい。

① ×   ② ○   ③ ×   ④ ○

五、ドラマを見ながらその対話を聞いて、正しい答えをそれぞれ①・②・③・④から選んで、○をつけなさい。

1. ③   2. ②   3. ④

六、ドラマの対話を聞きながら、次の文を完成しなさい。

① 今朝ね、あの辺でねえ、煙上げてねえ、　おきっぱなしの車　がいたんですよ。

② うるさい妹だよねえ。　顔を見たら小言　ばっかりですよ。

③ そろそろ結婚でもってね、結婚って　惰性でするもの　？相手に失礼じゃない？

④ それじゃ、あまりの　身勝手すぎ　よ、私の気持ちはどうなるのよ。

聞いた後

七、夏生（女の人）は結婚と仕事についてどう考えていますか。

　　仕事に生きがいを感じているので、結婚しても仕事を続けたい。夫婦共働きで仕事と家庭生活を両立させるようにすべきだと考えている。

聞く前に

一、次の文の下線に入れるのに最も適当なものを①・②・③・④から一つ選んで、〇をつけなさい。

1. ①　　　2. ④　　　3. ③

二、次の漢字の読み方を書きなさい。

① [ろうさいほけん]　　② [しゅうけい]　　　　③ [かたおもい]

④ [すてき]　　　　　⑤ [えんきょりれんあい]　　⑥ [ぼけつ]

三、次の質問について、あなたの考えや意見を日本語で自由に話してみなさい。

略

聞く（スクリプト）

叔母：武蔵さん、電話だよ。

武蔵：ヨイショ、はい、叔母ちゃん、誰から？

叔母：小谷さんとかいう女の人。

夏生：小谷？夏生さん！あっ、ああ、ああ……

叔母：大丈夫？

武蔵：いてえ。電話、もしもし、もしもし、武蔵です。

夏生：怪我の届け出さないってどういうこと？

武蔵：あっ、ああ、そのことですか。

夏生：そのことですかじゃないわよ。所長さんから聞いたけど、あなた一週間も仕事できないそうじゃない？

武蔵：あっ、あのう、いいんです。自分が勝手にしたことですから。

夏生：何言ってるの。手伝わせたのはこっちなんだから、ちゃんと責任を持って……

武蔵：あの、労災保険なんて要りませんから。それよりアンケート、役に立ち

ました？

夏生：えっ。見てもらえなかった。

武蔵：えっ、あっ、集計とかまだしてないんだ。それはそうだ。昨日の今日だものなあ。

夏生：それより、いまはあなたの保険を……

武蔵：ああ、もういいんですか。

夏生：えっ。

武蔵：いまやってるんですよ。ミポリン。

夏生：ミポリン？

武蔵：何だっけなあ、あのう、昔やってた、あのう、遠距離恋愛の何とかっていうドラマ。

叔母：会いたいときにあなたはいない。

武蔵：そう、「会いたいときにあなたいない」だ。ああ、なんでこうすれ違っちゃうんだろうなあ、ミポリン。あのう、そういうわけなんで。はい、あのう、わざわざ、電話有難うございました。はい、あのう、仕事、頑張ってください。失礼しまーす。

夏生：えっ、ちょっ。

叔母：素敵な片思い。

武蔵：ええ？

叔母：相原ゆう、出ている。

武蔵：素敵な片思い、か。

叔母：アンケート、役に立たなかったのかい。

武蔵：えっ。聞いてたよね……。あぁ。

＊＊＊＊＊＊＊＊＊＊

史村：まだ、武蔵のこと、気にしているの？

夏生：何考えてるの。あいつは。

阿部：いや、何も考えていませんよ。だいたいね、あの男、僕らがいつもあんな仕事してると思ったぐらいですよ。

夏生：えっ。

阿部：ふざけてるでしょう。腹立ったから、言ってやりました。夏生さんが本来こんな仕事をする人じゃなーいって。

夏生：どういうこと？

阿部：えっ？

夏生：私が移動させられたこと、あいつにしゃべったの？

史村：なるほどねえ。夏生に会社に戻れと言ったのも、怪我の届け出を断った

のも、全部夏生の置かれてる状況を知ってっていうわけか。

阿部：そんなに気になるんだったら、保険の手続き、こっちで済ましちゃえばいいんですよ。それにあいつだって、別に日雇いとか歩合ってわけじゃないんだから、一週間休んだからといって、ちゃんと給料がもらえるわけだし……。

夏生：何言ってんのよ。

阿部：それに、休みが増えたと思えばいいんじゃないですかね。

夏生：そういうことじゃないでしょう。あいつはね、そんな、休んで給料がもらえるから喜ぶ人じゃないよ。

史村：夏生。

夏生：バスの運転が好きで好きでたまらないやつだ。そんなやつが一週間も運転できないのよ。好きな仕事ができないつらさ、あなたにわかる？たとえ一週間だろうが永遠だろうが、そんなの、関係ない。つらいものはつらいよ。それは私が一番よく知ってる。

阿部：夏生さん、夏生さん。

史村：墓穴掘っちゃって。

四、ドラマを見ながらその対話を聞いて、内容に合っているものに〇、合っていないものに×をつけなさい。

　　①　×　　　②　〇　　　③　〇　　　④　×

五、ドラマを見ながらその対話を聞いて、正しい答えをそれぞれ①・②・③・④から選んで、〇をつけなさい。

　　1．①　　　2．④　　　3．②

六、ドラマの対話を聞きながら、次の文を完成しなさい。

　　① 何言ってるの。手伝わせたのはこっちなんだから、<u>ちゃんと責任を</u> 持って……

② 何だっけなあ、あのう、昔やってた、あのう、　遠距離恋愛　の何とかっ
　ていうドラマ。

③ 私が　移動させられた　こと、あいつにしゃべったの？

④ それにあいつだって、別に　日雇い　とか歩合ってわけじゃないんだから、
　一週間休んだからといって、　ちゃんと給料　がもらえるわけだし……。

聞いた後

七、視聴したシーンの対話から与えられた武蔵さんの人間像について話してみ
　なさい。

　略

C ハイヒールとサンダル

聞く前に

一、次の文の下線に入れるのに最も適当なものを①・②・③・④から一つ選
　んで、○をつけなさい。

　　1. ②　　　　2. ①　　　3. ③

聞く（スクリプト）

武蔵：あっ。夏生さん、どうしたんです？
　こんな時間に。……どうしたんで
　す？

夏生：何してるの？

武蔵：ああ、これですか。あっ、すみませ
　ん。参考になるかなあと思って、実
　はコピー（を）取っておいたんです
　よ。ああ、あのね、集計したら、
　見てもらえるんじゃないかなと思っ
　て。ああ、ひょっとして、もうしちゃ
　いました？手書きでやるから、ち
　ょっとね、時間（が）かかっちゃう
　んですよね。……ああ、俺ねえ、大
　げさでしょ。これしてないと、妹
　が、ちょっとねえ、うる……うるさ

いから、だからしてるんですよ。こ
れ、何ともないんですよ。これ、ほ
ら、全然。……あっ、ちょっとお茶
入れます。

夏生：いい。私がやる。

武蔵：すみません。

夏生：これ、どれでもいいの？

武蔵：ああ、ぼく、相撲のやつです。

夏生：ああ、相撲部だったっけ。

武蔵：はい。

夏生：これ、みんな、自分のがあるの？

武蔵：ええ、そうですよ。

夏生：この、アルミのマグカップは？

武蔵：和馬のです。

夏生：浅草のは？

武蔵：弘。ほら、あの、ピーマン履いてた
　　　やつ。

夏生：この大きい茶色いカップは

武蔵：神部さん。

夏生：ああ、あの、体（が）大きいわり
　　　に、何かチマチマ作ってる人。

武蔵：バスので、ペーパークラフトです
　　　よ。

夏生：じゃあ、このkittyちゃんは事務の女
　　　の子？

武蔵：小百合ちゃん？

夏生：でしょ。

武蔵：ブー。所長のです。

夏生：ええ？

武蔵：小学生の娘さんがね、プレゼントし
　　　てくれたんですって。

夏生：なるほど。

武蔵：夏生さんはどんな湯飲み（を）使っ
　　　てるんですか。

夏生：うちはみんな使い捨ての紙コップ。

武蔵：もったいないなあ。

夏生：味気ないもんよ。どれも同じ顔で、
　　　使えなくなったら、ポイっと捨てら
　　　れるだけ。

武蔵：どうも、有難うございます。

夏生：怪我治るまで一週間もかかるんだよ
　　　ね。

武蔵：あ、どうも。医者がね、一週間と言
　　　うんだったら、ううん、大体三日で
　　　治りますね。僕ね、昔からけっこ
　　　う、怪我治るのが早いんですよね。
　　　スーパーマン並みに。

夏生：貧相なスーパーマン。（笑い）

武蔵：いただきます。

夏生：怪我さしちゃって、ごめんなさい。

武蔵：いや、よしてください。夏生さんら
　　　しくない。

夏生：どういう意味よ。

武蔵：ごめんなさい。

夏生：（笑い）……。このアンケート、
　　　（武蔵：はい。）わざわざ集計まで
　　　してくれたけど、やっぱり見てもら
　　　えないと思う。

武蔵：そんなこと、ありませんよ。だって
　　　僕らが読んでもけっこう参考になり
　　　ます。中にはね、耳が痛いことも書い
　　　てあったりして。きっとね、見てくれ
　　　ます。大丈夫ですよ。あっ、数が足り
　　　ないというんだったら、まだやりましょ
　　　うよ。僕、手伝いますから。

夏生：違うの。

武蔵：えっ？

夏生：これは、私が勝手にしたことで、も
　　　ともと上司には仕事として認めても
　　　らえてないの。聞いたんでしょう。
　　　私がミスして飛ばされたこと。……
　　　だから、私は意地になってやってや
　　　ろうと思った。けど、途中で、なん
　　　か私、虚しくなっちゃって、どうし
　　　て私がこんなことをしなくちゃい
　　　けないんだって、無精に悔しくなっ
　　　て、情けなくなって、私はあそこか
　　　ら逃げ出したの。仕事で呼び戻され
　　　たわけじゃないの。卑怯でしょう。
　　　あなたに怪我までさせておいて。
　　　アンケートなんかやらなきゃよかっ
　　　た。

武蔵：基本じゃないでしょうか。ああ、ちょ
　　　っと違うかもしれないけど。僕らも
　　　ね、仕事の前、バスの声、聞いてあ
　　　げますよ。あっ、あのう、ハンマー
　　　でタイヤ叩いて、音聞いたりとか、
　　　エンジンの音確認したりとかね、バ
　　　スの声を聞いてやるんですよ。それ
　　　ねえ、一番大事な仕事なんですよ。
　　　基本です。基本がね、大事だと思う
　　　んですよ。だから、全然悔しがるこ
　　　とないし、むしろ、自慢できること

じゃない（で）すか。あのう、夏生さんの、仕事をしている姿、格好よかったですよ。頑張ってる姿、格好よかったです。夏生さん、言ったでしょう。ハイヒール脱がないって。それ脱ぐ時は仕事をやめる時だって。ハイヒール履いて頑張ってる夏生さん、すごく格好よかったです。

夏生：……。どうして、会社に届け出さなかったの？

武蔵：あっ、僕が勝手にしたことですから。

夏生：だって、あたしのために怪我したん

じゃない。ふつう、飛び出してこないわよ。ああいう時。

武蔵：僕のバスは、安全第一ですから。

夏生：バス。

武蔵：言ったじゃないんですか。あなたの人生を載せて走りたいって。あなたが無事なら、それでいいんです。ほんと、無事でよかった。

夏生：うん、帰る。これ、もらっていく。

武蔵：お疲れ様でした。

夏生：ばかを言うな。

二、ドラマを見ながらその対話を聞いて、内容に合っているものに〇、合っていないものに×をつけなさい。

① 〇　　② ×　　③ ×　　④ 〇

三、ドラマを見ながらその対話を聞いて、正しい答えをそれぞれ①・②・③・④から選んで、〇をつけなさい。

1. ③　　2. ②　　3. ③

四、ドラマの対話を聞きながら、次の文を完成させなさい。

① あのね、集計したら、見てもらえるんじゃないかなと思って。ああ、<u>　ひょっとして　</u>、もうしちゃいました？

② 味気ないもんよ。どれも同じ顔で、使えなくなったら、<u>　ポイっと捨てられる　</u>だけ。

③ どうして私がこんなことをしなくちゃいけないんだって、<u>　無精に悔しくなって　</u>、情けなくなって、私はあそこから逃げ出したの。

④ 言ったじゃないんですか。あなたの<u>　人生を載せて走りたい　</u>って。あなたが無事なら、それでいいんです。

聞いた後

五、武蔵さんが「基本は大事な仕事だ」と言っているが、仕事をするときの基本は何だと思いますか。例を挙げてあなたの考えを日本語で言ってみなさい。

　　何かの仕事を始める前に、仕事の対象に対する調査が基本になります。ビジネスの世界では、新しい企画をするときに、まずは市場調査をしたり、消費者、顧客の声を聞いたりしなければならないと思います。ですから、アンケートをやるのも基本で、大事な仕事だと思います。

第10課　バスストップ（1）

Ⅱ ニュースの視聴

聞く前に

一、次の文の下線に入れるのに最も適当なものを①・②・③・④から一つ選んで、〇をつけなさい。

　　1. ③　　　2. ④　　　3. ①

二、次の漢字の読み方を書きなさい。

　　① [そうがく]　　　② [たかしまや]　　　③ [がくふ]

　　④ [けいびいん]　　⑤ [せいたん]　　　　⑥ [しゅやく]

三、次の質問について、あなたの考えや意見を日本語で自由に話してみなさい。

　　日本の百貨店は、テナントビル化した日本百貨店協会加盟の百貨店や、専門店化した日本百貨店協会加盟の百貨店などがあり、定義は特に定まっていません。

　　近年は、大手百貨店同士による経営統合が進んでいます。現在、主な百貨店は次の通りです。

日本の大手百貨店

H₂O リテイリング	阪急阪神百貨店：阪急百貨店 - 阪神百貨店 （阪急阪神東宝グループ）
J.フロント リテイリング	大丸-松坂屋
三越伊勢丹ホールディングス	三越-伊勢丹-岩田屋（伊勢丹子会社）-丸井今井
そごう・西武	そごう-西武百貨店-ロビンソン百貨店 （セブン&アイHLDGS.）
ハイランドグループ	髙島屋（同グループの中核企業）
大手私鉄系	小田急百貨店、近鉄百貨店、京王百貨店、 東急百貨店、東武百貨店、名鉄百貨店
中堅・地方	井筒屋、さいか屋、天満屋、藤崎、松屋、 丸栄、山形屋、大和

聞く（スクリプト）

世界一高いバレンタインチョコは5億円

　　来週14日はバレンタインデーですが、世界で最も高い総額5億円ものバレンタインチョコレートが登場しました。

　　こちらのチョコレートは大手百貨店の高島屋が企画・制作したもので、楽譜をイメージしたチョコレートの上に大小のダイヤモンドを107個。合わせて100.99カラット分が埋め込まれています。

　このうち最後の飾りつけとなるダイヤのはめ込み作業が、警備員が見守る物々しい雰囲気の中で行われました。

　今年は、著名な作曲家モーツァルトの生誕250周年ということで、この楽譜はモーツァルトの代表作「トルコ行進曲」をモチーフに100%チョコレートで仕上げています。

　製作期間は1週間ということで、担当したパティシエのジョンさんは「主役はチョコレート。ダイヤはあくまで飾り」と話していました。このチョコレートは、今日から日本橋高島屋で税込み価格5億円で実際に売り出されるということです。(10日13:46)

　　四、ニュースの内容に合っているものに○、合っていないものに×をつけなさい。

　　　　① ×　　　　　② ○　　　　　③ ×　　　　　④ ×

　　五、ニュースを聞いて、正しい答えをそれぞれ①・②・③・④から選んで、○をつけなさい。

　　　　1. ③　　　　　2. ①

　　六、ニュースを聞きながら、次の文を完成させなさい。

　　　　① こちらのチョコレートは大手百貨店の高島屋が＿企画・制作した＿ものです。

　　　　② 最後の飾りつけとなるダイヤの＿はめ込み作業＿が、警備員が見守る物々しい雰囲気の中で行われました。

　　　　③ 担当した＿パティシエ＿のジョンさんは「主役はチョコレート。ダイヤはあくまで飾り」と話していました。

聞いた後

　　七、聞いたニュースのあらすじを日本語で話してみなさい。

　　　　略

第11課　バスストップ（2）

I　ドラマのシーンの視聴

A　お礼かデートか

聞く前に

一、次の文の下線に入れるのに最も適当なものを①～④から一つ選んで、○
をつけなさい。

1. ②　　　　　2. ③　　　　　3. ②

二、次の漢字の読み方を書きなさい。

① [ふっき]　　② [ひしょ]　　③ [ぜんかい]　　④ [たにんごと]

⑤ [えんりょ]　⑥ [めがみ]　　⑦ [やじゅう]　　⑧ [もんく]

三、クラスに、デートに誘いたい相手がいるとします。日本語でその人をデートに誘って
みなさい。

略

聞く（スクリプト）

文也：あっ。

武蔵：あっ。どうも。祭がいつもお世話になっ
てまーす。あっ。会社の後輩。よろ
しく。

和馬：よろしくっす。

文也：どうも。

武蔵：祭、田舎もんだけど、仲良くしてあげ
てね。

文也：はあ。

武蔵：でも、手出したら、ぶっ飛ばすよ。

文也：ああ？

武蔵：ところで、今夜、まだ……。

文也：誰かと待ち合わせですか。

武蔵：またとぼけちゃって。あはは。

文也：姉ですか。

武蔵：夏生さん。

夏生：武蔵？！

史村：あっ、あれが武蔵。

武蔵：夏生さん。

夏生：あなた、もう大丈夫なの？

武蔵：ああ、もうこの通り。すっかり治って。ほら、完全復帰です。

史村：ははは……、さすが恋のターミネーター。あっ、ごめんなさい。あたし、史村と、夏生と同じ会社で秘書をやってるの。よろしくねえ。

武蔵：ああ、はじめまして。

史村：わたし、あなたの大ファンなのよ。うわさは夏生さんからいろいろ聞いてるわよ。

武蔵：えっ、夏生さん、ぼくのことを。

夏生：余計なこと、いいんじゃない。

武蔵：どんな、どんなうわさですか。

夏生：それより、なんで、あなたがここに？

同僚：元気な姿を見せに来たんだなあ。

和馬：一秒でも早く夏生さんに会いたかったん（で）すよね。

史村：あ、だったら、今夜は、武蔵さんの全快祝いということで、みんなで、ぱーとやらない？

皆：　よっしゃー。

武蔵：何か、お邪魔じゃありません。

夏生：そのつもりで来たんでしょ。

皆：わははは……。

史村：へえ、七夕の夜に知り合ったのだ。

武蔵：はい。思えば、運命的な出会いでした。

史村：ええ。

夏生：あんたが勝手に話しかけてきたでしょ。

史村：でもね、そこで知り合ったから、仕

事も手伝ってもらえたし、夏生だって、ほら、怪我せずに済んだじゃなーい？ねえ。

武蔵：そういうことになりますかね。ははは……。

和馬：でもさあ、お礼ぐらいするよな、ふつう。

武蔵：和馬、おれ、そういうこと望んじゃいないの。

和馬：でも、デートぐらいしてくれたってバチは当たらないですよ。

武蔵：デート？

夏生：仕込んだわね？

史村：いいじゃない。デートぐらいしてあげなさいよ。

夏生：千賢。

史村：夏生だって言ったじゃないの。お礼したいって。食事ぐらいご馳走してあげなさいよ。

夏生：他人事だと思って……。お礼はするわよ。お礼は。

和馬：よっしゃあ！やったね、武蔵さん。

武蔵：あ、でも、いいですよ。そんなに気を使わなくても。

和馬：遠慮することはないって、せっかくデートしてくれるっつってん（て言うん）だから。

武蔵：そうか。

和馬：ええ。

夏生：デートはしない。お礼に食事ぐらいならおごってもいいけど。

史村：それがデートと言うことじゃない。

夏生：デートじゃないの。これはあくまでもお礼なの。

和馬：まあ、お礼でも何でもいいや。やったね武蔵さん。よかったっすね、武蔵さん。

史村：おめでとう、武蔵さん。

武蔵：いやです。

日语视听说教程（一）参考用书

一同：えっ？

武蔵：お礼じゃなくて、デートをしてくださ
　　　い。

夏生：はあ？

武蔵：お礼じゃなくて、デートがいいです。

夏生：デートはいや。お礼に食事をおごる。

武蔵：食事は僕が招待します。ですから、デー
　　　トをしてください。

夏生：何で、あたしがあなたとデートしなきゃ
　　　（ければ）なん（ら）ないのよ。お
　　　礼に食事をおごるって言ってるんで
　　　しょ。

武蔵：食事は僕が招待しますから。

夏生：だから、あたしがお礼するって言って
　　　ん（る）でしょ。

武蔵：お礼じゃなくて、デートがいいんです。

夏生：お礼する。

武蔵：お礼じゃなくて、デート。

夏生：お礼！

武蔵：デート！

史村：同じじゃない？

夏生、武蔵：違います！

和馬：もう、わかった、わかった。だった
　　　ら、これで決めようぜ。ここに女神
　　　が書いてあるでしょう、裏は野獣。
　　　野獣が出たら、武蔵さんが夏生さ
　　　んをデートに招待する。女神が出
　　　たら、夏生さんがお礼に食事をご
　　　馳走する、と。いい？文句なしだ
　　　よ。……行くよ。

武蔵：や、や、やじゅう。やったあ。

同僚：やったあ。

和馬：さあ、さあ、武蔵さんと夏生さんの
　　　初デートを祝して、乾杯。かんぱー
　　　い。

武蔵：乾杯。

四、ドラマの対話を聞いて、内容に合っているものに〇、合っていないものに×を
　　つけなさい。

　　①〇　　　②×　　　③×　　　④〇

五、ドラマを見ながらその対話を聞いて、正しい答えをそれぞれ①・②・③・④から選ん
　　で、〇をつけなさい。

　　1. ③　　　2. ②　　　3. ④

六、ドラマの対話を聞きながら、次の文を完成させなさい。

　　① 今夜は、武蔵さんの　全快祝い　ということで、みんなで、ぱーとやらな
　　　い？。

　　② そこで知り合ったから、　仕事も手伝ってもらえた　し、夏生だって、ほ
　　　ら、怪我せずに済んだじゃなーい？

　　③ でも、デートぐらいしてくれたって　バチは当たらない　ですよ。

　　④ 野獣が出たら、武蔵さんが夏生さんをデートに招待する。女神が出たら、夏生
　　　さんが　お礼に食事をご馳走する　、と。いい？文句なしだよ。……行くよ。

聞いた後

七、お礼に食事をおごることとデートすることとの違いを日本語で説明してみなさい。
　　略

B デートに備えて

聞く前に

一、次の文の下線に入れるのに最も適当なものを①・②・③・④から一つ選んで、〇をつけなさい。

　　1. ④　　　2. ③　　　3. ②

二、次の漢字の読み方を書きなさい。

　　① [やきにく]　② [みつだん]　③ [こうしき]　　④ [ぶたい]
　　⑤ [まね]　　　⑥ [ぎゅうどん]　⑦ [いあんりょこう]　⑧ [かいせきりょうり]

三、次の質問について、あなたの考えや意見を日本語で自由に話してみなさい。

　　略

聞く（スクリプト）

夏生：♪♪ 目と目で通じ合う、そういう仲になりたいわ ♪♪。
　　　考えてみたら、ドレスなんか着ん（る）の（は）久しぶりだなあ。ただ、相手がねえ……。

文也：何はしゃいでんだの?

夏生：別に、はしゃいでなんかないわよ。

文也：デートか。

夏生：わあっ。ばか言わないでよ、お礼よ、お礼。

文也：え?誰に?

夏生：とっとと、バイトに行きなさいよ。

文也：はい、はい。女がデートしないとふけるってよ。

夏生：言ってろ。……ふけたか。

和馬：やっぱぁ、フランス料理だろ。

武蔵：フランス料理。

和馬：彼女、この間ワイン飲んでただろ。ワインと言えば……。

武蔵：フランス料理!

和馬：おしゃれだし、ムード満点じゃん。

武蔵：ムードだよなぁ。いいこと言うなあ、和馬。そうだよ、おそらく、デートというのはな、ムードが大切なんだよ。ほら、中華料理はさあ、テーブルがぐるぐる回っちゃったほうが気が散っちゃうんだろう。寿司屋へ入ったときも、さあ、ほら、ぐるぐる回っちゃって、ねえ、あれを見ていると酔わない?

和馬：どこの寿司屋だよ。

武蔵：かといって、焼肉もなぁ、焼いて食って、焼いて食って、なぁ、あれ、忙しいさあ、懐石料理ってさあ、政治家の密談みたいですなぁ……。フランス料理が……。よし、フランス料理に決めた。

祭　：でもさあ、お兄ちゃん、マナーとかわかるの?

武蔵：祭、兄ちゃんばかにするなよ。兄ちゃん、こう見えてもなぁ……

祭　：最近、フォークとナイフ使ったのっ

第11課　バスストップ（2）

　　　　　ていつ？

武蔵：ええと、たしか……。

和馬：そんなに昔かよ。そうだ、スーツとか持ってるの？

祭　：そうだよ。フランス料理屋なんて行ったらさ、ちゃんとした格好で行かないと、入れてもらえないよ。

武蔵：その点は、心配要らん。

叔父：武蔵！

武蔵：叔父ちゃん。

叔父：これ着て行け。

武蔵：はあ、待ってました。叔父ちゃん、悪いねえ、一張羅借りちゃって。

叔父：いいってことよ。

祭　：どうなってる。

叔父：今度はビューティフルなおくちゃんなんだって？

武蔵：英語知ってるねぇ。そうだよ、今度は公式のデートだからね。

叔父：で、何食うんだ？

武蔵：フランス料理に決めた。

叔父：ビフテキか？

和馬：ステーキって言えよ。

祭　：ゴルフの時みたいに、恥じかかなけりゃいいんだけどねぇ。

叔父：人間、何ごとも経験だって言うぞ。

武蔵：叔父ちゃん、やっぱりいいこと言うなぁ。おい、和馬、店をつぎなさい。

和馬：関係ないだろう。

祭　：でもさ、まさかあの夏生さんがお兄ちゃんとデートするとはねぇ、アタックしてみるもんよねえ。

叔母：いいねぇ、あたしなんて、結婚して

このかた、フランス料理なんてお目にかかったことすらないよね。

叔父：商店街の慰安旅行に連れて行ってやるじゃないか。

叔母：健康ランドに二泊もしてどうするの？

叔父：風呂に入れるじゃないか。

叔母：でもさあ、フランス料理は高いよ。ほら、ほら、これなんかさあ、フルコースで一万八千円だって。

祭　：へえ。

武蔵：そんなに高いの？

和馬：まあ、ワインを入れて、一人三万は見といたほうがいいなぁ。

祭　：二人合わせて六万か。六万あったら……。

武蔵：牛丼百杯以上食えるなぁ。

和馬：そういう計算すんなよ。

武蔵：でもなあ、夏生さんとのデートのためだ。こうなったら、清水寺の舞台から飛び降りてやる。

叔父：でもよ、フランス料理というのはビフテキのほかにどんなもんがあるんだ。

和馬：大丈夫だって。メニュー見て、わかんなきゃ、ウエーターに、今日のお薦めは？って聞いとけばいいんだよ。そのほうが、かえって常連っぽくて格好いいだろう。

武蔵：今日のお薦めは？ね。

和馬：マナーだって、人の真似したら何とかなるって。

武蔵：だよねぇ。人の真似をすりゃ、何とかなるよなぁ。

四、ドラマを見ながらその対話を聞いて、内容に合っているものに〇、合っていないものに×をつけなさい。

　　①〇　　②×　　③〇　　④〇

五、ドラマを見ながらその対話を聞いて、正しい答えをそれぞれ①・②・③・④から選んで、〇をつけなさい。

　　1.　③　　　　2.　③　　　　3.　③

六、ドラマの対話を聞きながら、次の文を完成しなさい。

　　①　中華料理は、テーブルがぐるぐる回っちゃったほうが　気が散っちゃう　んだろう。

　　②　フランス料理屋なんて行ったらさ、ちゃんとした格好で行かないと、　入れてもらえない　よ。

　　③　叔父ちゃん、悪いねえ、　一張羅借りちゃって　。

　　④　でもさあ、まさかあの夏生さんがお兄ちゃんとデートするとはねぇ、　アタックしてみるもんよ　ねえ。

　　⑤　メニュー見て、わかんなきゃ、ウエーターに、今日のお薦めは？って聞いとけばいいんだよ。そのほうが、　かえって常連っぽくて　格好いいだろう。

聞いた後

七、武蔵さんはどんな覚悟で夏生さんとのデートに臨んでいますか。

　　略

C 気まずいデート

聞く前に

一、次の文の下線に入れるのに最も適当なものを①・②・③・④から一つ選んで、〇をつけなさい。

　　1.　③　　　　2.　②　　　　3.　①

二、次の漢字の読み方を書きなさい。

　　①［こうほうぶ］　　②［そうげい］　　③［がいむしょう］
　　④［ゆうぼうし］　　⑤［ばちがい］　　⑥［みぶんふそうおう］

三、次の質問について、あなたの考えや意見を日本語で自由に話してみなさい。

　　略

聞く（スクリプト）

日语视听说教程（二）参考用书

夏生：ああ、そうだ。この間のアンケート、実は部長に読んでもらえたの。

武蔵：ほんとうですか。

夏生：それだけじゃないの。こんど、その報告書を持って、広報部の会議に出ることになったわ。

武蔵：それっていいことなんですか。

夏生：もちろん。そうそう、アンケートを読んでたら、交通手段で大きな会社は送迎バスを使ってるというのも多かったんだけど、そうなの？

武蔵：ああ、マイクロバスとか使ってますね。

夏生：それって、路線バスに影響しない？何千人もの人が利用しちゃったりするから。

武蔵：ああ、それはもう立派なライバルですよ。

夏生：やっぱり、わたしの睨んだとおりだ。
　　　…えっ？

武蔵：よかった。

夏生：何が？

武蔵：アンケート、役に立って。それで、夏生さん、元気になってくれて。

夏生：調子に乗らないでよね。

武蔵：はい。

武蔵：そうだ。あのう、実は、プレゼントを持ってきたんです。えへへ。

夏生：何？

武蔵：はい。これ、あの、開けてみてください。

夏生：何？何か飛び出してこなーい？

武蔵：何も飛び出しませんよ。どうぞ、どうぞ。

＊　＊　＊　＊　＊　＊　＊　＊　＊　＊

婦人：あら？

……ご両親もいらっしゃらない方に嫁がれては困るんです。それは、ほんのわたしの気持ち……。
お元気そうですね。

夏生：お陰さまで。

武蔵：あぁ、こんばんは。

婦人：こちら様は？

武蔵：あのう、僕は……。

夏生：すみません。今夜はプライベートなもんですから。

婦人：プライベート？

武蔵：はい。あのう、デートです。へへ。

婦人：ああ、そう。ということは？

夏生：あっ、恋人なんです。

武蔵：恋人！

婦人：あら、そう。ははは、失礼ですけど、お仕事は？

武蔵：あぁ、僕の仕事ですか。あのう、僕はバスの……

夏生：が、がいむしょう（外務省）。

武蔵：あっ？！

夏生：外務省に勤めてます。

婦人：あら、そうですの。

武蔵：いや、僕は、あの、バスの……

夏生：彼、東大出のエリートなんです。将来も有望視されているんですよ。

武蔵：夏生さん。

夏生：語学なんか、英語、フランス語、ドイツ語、四ヶ国語しゃべれて、ほんとうに優秀な方で、私、いま、とっても幸せなんです。

婦人：よかったですね。

夏生：ええ、お陰さまで。

婦人：じゃあ、失礼。

夏生：やっぱり、ここは私、払う。

武蔵：いいんです。

夏生：払うから。

武蔵：いいです。

夏生：払わせてよ。

武蔵：いいんです。今日はデートなんですから。……どうして嘘なんかついたんですか。誰なんですか、さっきの人。ひどいじゃないですか。僕は外務省でも、東大出のエリートでもありません。バスの運転手です。

夏生：分かってるわよ。そんなこと。

武蔵：わかってません。

夏生：だから、あの場で、つい……。

武蔵：つい、なんですか。

夏生：私の立場もわかってよ。いや、そうじゃなくて、これにもいろいろとあって……

武蔵：分かりました。

夏生：えっ？

武蔵：僕と夏生さんじゃ、つり合わないということでしょう。やっぱり、住む世界が違うということでしょう。

夏生：そんなこと……

武蔵：正直いって僕はこんなお店に始めて来ましたし、料理やワインのことも、ちんぷんかんぷんだし……

夏生：なに言ってんのよ。

武蔵：場違いなのはわかってます。身分不相応だって、自分だってわかってます。でも、だからって、嘘つかなくてもいいじゃないですか。僕は自分の仕事にプライドを持ってます。恥ずかしいなんて、恥ずかしいなんて、一度も思ったことはありません。いくら夏生さんでも、俺の生き方、否定する権利なかあ（は無い）。俺は俺です。あなたに嘘をつかれる筋合いなかあ（は無い）。……今夜は有難うございました。

夏生：ちょっと……

四、ドラマを見ながらその対話を聞いて、内容に合っているものに〇、合っていないものに×をつけなさい。

① ×　　② 〇　　③ ×　　④×

五、ドラマを見ながらその対話を聞いて、正しい答えをそれぞれ①・②・③・④から選んで、〇をつけなさい。

1. ③　　2. ③　　3. ④

六、ドラマの対話を聞きながら、次の文を完成しなさい。

① 交通手段で大きな会社は　送迎バスを使ってる　というのも多かったんだけど、そうなの？

② 彼、　東大出　のエリートなんです。将来も　有望視されている　んですよ。

③ 僕と夏生さんじゃ、つり合わないということでしょう。やっぱり、　住む世界が違う　ということでしょう。

④ 俺は俺です。あなたに　嘘をつかれる筋合い　なかあ（は無い）。

聞いた後

七、武蔵さんの仕事について、夏生さんが嘘をついた背景事情を日本語で話して
みなさい。

　　デート中に現れた婦人は夏生さんの前の婚約者のお母さんで、そのお母さんに
婚約者との結婚を、身分不相応などを理由に反対されたので、意地をはって、今
の自分の恋人はエリートだと思わせようとして武蔵さんの仕事や身分などについ
て嘘をついたわけです。

II ニュースの視聴

聞く前に

一、次の文の下線に入れるのに最も適当なものを①・②・③・④から一つ選ん
で、〇をつけなさい。

　　1. ③　　　2. ②　　　3. ④

二、次の漢字の読み方を書きなさい。

　　①［あらて］　②［はんざい］　③［ぞくはつ］　④［てぐち］

三、銀行強盗についてのニュースです。アメリカ・ワシントン郊外で新手の犯罪が続発
しています。その瞬間を防犯カメラがとらえていました。視聴する前に、どんな犯罪
手口なのかを推測してみなさい。

　　略

聞く（スクリプト）

米で新手の犯罪、携帯電話かけながら

　アメリカ・ワシントン郊外で新手の犯罪が続発しています。その瞬間を防犯カメラがとらえてい
ました。

　　銀行の窓口で忙しそうに携帯電話をかけてい
る女。実は、電話で話しながらバッグの中に隠し
持ったけん銃を見せて「金を出せ」と書いた紙を
銀行員に渡す、という手口で銀行強盗をしてい
るのです。

　　電話をかけるふりをすることで、他の銀行員や
客に気づかれないようにして、先月末から今月4
日までに4件の強盗を働いたということです。（12
日10:01）

四、ニュースを聞いて、正しい答えをそれぞれ①・②・③・④から選んで、〇をつけなさい。

1. ④ 　　　2. ③

五、ニュースを聞きながら、次の文を完成させなさい。

① 電話を　かけるふり　をすることで、他の銀行員や客に　気づかれない　ようにして、先月末から今月4日までに4件の　強盗を働いた　ということです。

聞いた後

六、聞いたニュースのあらすじを日本語で話してみなさい。聞く前の推測はどれほど当たったかを確認してみなさい。

略

第12課　Good Luck

I ドラマのシーンの視聴

 A 客の暴れ

聞く前に

一、次の文の下線に入れるのに最も適当なものを①・②・③・④から一つ選んで、〇をつけなさい。

1. ②　　　　2. ①　　　　3. ④

二、次の漢字の読み方を書きなさい。

①［あばれ］　　②［つかまる］　　③［そうじゅうかん］
④［にぎる］　　⑤［めど］　　⑥［ふりかえ］

三、次の質問について、あなたの考えや意見を日本語で自由に話してみなさい。

略

聞く（スクリプト）

客　　：放せ。

のり子：お客様、おやめください。これ以上、
　　　　続けられますと犯罪になります。

客　　：うるさい。俺はな、警察に捕まっても
　　　　いいから、ロスへ行きたいんだ。

太田　：お客様、お待ちください。

のり子：新海くん。

客　　：あんた、機長か？

新海　：いえ、機長は今操縦桿を握ってます。
　　　　副操縦士の新海です。

客 ：機長にな、話があるんだ。ロスへ行ってくれよ。

新海：ロスへは行きません。この機は成田に戻ります。

客 ：何でだ。

新海：ロスへ向かっても、空港に降りられるめどがまだついていません。

客 ：到着するころには、再開してるかも知れねえだろうが。

新海：この飛行機には、片道分の燃料しか積んでいません。万が一、安全に降りられる空港がなかった場合、大変なことになります。

客 ：一か八かでも飛べよ。

新海：一か八かで人を死なせるわけにはいかねえんだよ。いま、成田では、うちのクルーが振り替え便の手配をしています。少しでも早く、皆さんをロサンゼルスに送り届けるために、皆全力を尽くしてます。俺たち、クルーは皆空を飛ぶやつも、地上を守るやつも、お客様を、ここにいる全ての人を安全に目的地に送り届けるために、ぶっちゃけ、必死で頑張ってます。できれば飛びたいです。どうか俺たちを信じてください。お願いします。

四、ドラマを見ながらその対話を聞いて、内容に合っているものに○、合っていないものに×をつけなさい。

① ○ ② × ③ × ④ ○

五、ドラマを見ながらその対話を聞いて、正しい答えをそれぞれ①・②・③・④から選んで、○をつけなさい。

1. ② 2. ① 3. ③

六、ドラマの対話を聞きながら、次の文を完成しなさい。

① これ以上、続けられますと犯罪になります。

② 到着するころには、再開してるかも知れねえだろうが。

③ 一か八かで人を死なせるわけにはいかねえんだよ。

④ 少しでも早く、皆さんをロサンゼルスに送り届けるために、皆全力を尽くしてます。

聞いた後

七、聞いた対話の内容のあらすじを日本語で話してみなさい。

略

B　新千歳へ向かおう

聞く前に

一、次の文の下線に入れるのに最も適当なものを①・②・③・④から一つ選んで、〇をつけなさい。

　　1.　③　　　　2.　④　　　　3.　①

二、次の漢字の読み方を書きなさい。

　　① ［ちゃくりく］　　② ［かかえる］　　③ ［ねばる］

　　④ ［せんかい］　　　⑤ ［うばう］　　　⑥ ［なまいき］

三、次の質問について、あなたの考えや意見を日本語で自由に話してみなさい。

　　略

新海：キャプテン。

香田：何だ。

新海：今から、もう一度だけ、成田に引き返すことってできませんかね？

香田：だめだ。いま成田に戻ってもそのまま着陸できる見込みがない。

新海：いや、でも……

香田：感情に流されるな。たった一人のために、リスクをしょって飛ぶことはできない。

新海：いや、たった一人じゃないですよ。おそらく乗客は皆成田に引き返したいって思ってるはずです。患者を抱えたドクターだけじゃなくて、ご家族に何かあって急いで家に戻りたいって思ってる人もいるかもしれないし、仕事の期限に追われてる人がいるかもしれませんし、あと……恋人を待たせてる人だって、いるかもしれないじゃないですか。いや、乗客を安全に目的地に送り届けるのが自分らの仕事だったら、もう少し粘ってもいいんじゃないですか？

香田：この燃料でいつまでも成田上空を旋回して、万一燃料切れになったらどうする？300人の命が奪われるんだぞ。

新海：いや、だって、まだ燃料ありますよ。せめて30分粘らせてください。リスクはないはずですから。

香田：言いたいことはそれだけか。

新海：乗客のために、もっとベストを尽くすべきだって言いたいんです。確かに安全は第一ですよ。でも、自分らがこのシップに乗せてんのは貨物じゃなくて人間じゃないですか。一人一人事情もあれば、感情だってあるはずですよ。あの、生意気かもしれませんが、自分はこう……安全だからこれでいいだろうって突き放すんじゃなくてぎりぎりのぎりぎりまで俺は諦めたくありません。

香田：誰が諦めると言った？

新海：え？

香田：私は諦めるとは一言も言っていない。

新海：どういうことですか？

香田：OCCに燃料10万を要請しろ。

新海：燃料10万？

香田：この便はいったん新千歳に着陸、燃料を補給して再度成田へ向かう。10万ポンドの燃料で上空待機できる時間は？

新海：約4時間です。

香田：さっき関空が雷雲に襲われてると言ったな。

新海：はい。

香田：霧は雷雲に吹き飛ばされて必ず一度雲の切れ間を見せる。南岸に発生した雷雲が成田に迫るのは、現在の気流から見ておよそ2〜3時間後、新千歳で燃料を積み込み、成田に向かえば、ちょうどその切れ間を狙ってランディングできる。いいか、新海。ぎりぎりまで粘るには、まず判断力が必要ということだ。返事は？

新海：はい。あ、ラジャー。

四、ドラマを見ながらその対話を聞いて、内容に合っているものに○、合っていないものに×をつけなさい。

① ○ 　　② × 　　③ × 　　④ ×

五、ドラマを見ながらその対話を聞いて、正しい答えをそれぞれ①・②・③・④から選んで、○をつけなさい。

1. ③ 　　2. ③ 　　3. ②

六、ドラマの対話を聞きながら、次の文を完成しなさい。

① 乗客を安全に<u>目的地に送り届ける</u>のが自分らの仕事だったら、もう少し粘ってもいいんじゃないですか？

② せめて30分<u>粘らせてください</u>。

③ 乗客のために、もっと<u>ベストを尽くすべきだって</u>言いたいんです。

④ ぎりぎりまで粘るには、まず<u>判断力</u>が必要ということだ

聞いた後

七、聞いた対話の内容のあらすじを日本語で話してみなさい。

　　略

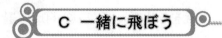 C　一緒に飛ぼう

聞く前に

一、次の文の下線に入れるのに最も適当なものを①・②・③・④から一つ選んで、○をつけなさい。

1. ② 　　2. ① 　　3. ④

二、次の漢字の読み方を書きなさい。

①［しんさ］　　　②［ふっき］　　　③［けが］

④［かんさ］　　　⑤［しんよう］　　　⑥［しょうぶ］

三、次の質問について、あなたの考えや意見を日本語で自由に話してみなさい。

略

聞く（スクリプト）

新海：お前「へーえ」って……それだけかよ。

歩実：は？だって審査フライトに受かるまでは、ほんとにパイロットに復帰できるかどうか分かんないんでしょ。

新海：受かるよ。俺。俺、足怪我してさ、何か自信が持てるようになったっていうか。一度、もうだめだっていうところまで、落っこってそっからゆっくり上がってきたじゃん？だから、何だろ……なんでいま自分がここにいるのかっていうのが、すごく分かる気がする。

歩実：知ってる？

新海：あ？

歩実：自信があるときが一番危ないって。

新海：お前、どんどん性格悪くなってくな。

歩実：私も行く。

新海：え？

歩実：だから、そのホノルルに私も乗ってく。乗客として。だって監査に受からなかったらさ、もう二度と飛べないかもしれないじゃん。

新海：お前さ、俺のこと信用してねえんだろ？

歩実：そうじゃない……

新海：じゃ、何だよ。

歩実：うっさいな、もう。一緒に飛びたいの。あんたが勝負してるシップで、私も飛びたい。

新海：じゃ、最初っからそういう風に言やいいじゃん。

歩実：監査に落ちたら大笑いしてやる。

新海：こっちだって、お前怖いからって助けてやんねえかんな。

四、ドラマを見ながらその対話を聞いて、内容に合っているものに〇、合っていないものに×をつけなさい。

①　×　　　　②　〇　　　　③　×　　　　④　×

五、ドラマを見ながらその対話を聞いて、正しい答えをそれぞれ①・②・③・④から選んで、〇をつけなさい。

1.　①　　　　2.　②　　　　3.　④

六、ドラマの対話を聞きながら、次の文を完成しなさい。

①　だって審査フライトに受かるまでは、ほんとにパイロットに復帰できるかどうか分かんないんでしょ。

② 一度、もう<u>だめだっていうところ</u>まで、落っこってそっからゆっくり上がってきたじゃん？

③ あんたが<u>勝負してる</u>シップで、私も飛びたい。

④ こっちだって、お前<u>怖いからって</u>助けてやんねえかんな。

聞いた後

七、聞いた対話の内容のあらすじを日本語で話してみなさい。

　　略

Ⅱ ニュースの視聴

聞く前に

一、次の文の下線をつけた言葉は、どのような漢字を書くか、それぞれ①・②・③・④から選んで、〇をつけなさい。

　　1. ②　　　　2. ②　　　　3. ④　　　　4. ①　　　　5. ③

二、次の漢字の読み方を書きなさい。

　　①［おおて］　　　②［ふみきる］　　　③［のきなみ］

　　④［ゆいいつ］　　⑤［ばいしゅう］　　⑥［ぞうえき］

三、次の質問について、あなたの考えや意見を日本語で自由に話してみなさい。

　　略

聞く（スクリプト）

　大手ビールメーカー4社の今年1月から6月までの中間決算で、ビール系飲料の売り上げは値上げに踏み切った3社が軒並み減り、物価上昇が続くなかで、消費者が価格志向をより強めている現状を反映する形となりました。

　それによりますと、ことし6月までの半年間のビール系飲料の売り上げは、値上げに踏み切った「アサヒビール」「キリンホールディングス」、それに「サッポロホールディングス」の3社が、前の年に比べて2%から9%減少しました。これに対して「サントリー」は、唯一、値上げをせず、高級ビールの販売も好調で、ビール系飲料の売り上げが6.4%伸

びました。一方、グループ全体の最終的な利益は、買収で医薬品事業を強化した「キリン」が前の年の4.8倍に増えるなど、各社とも、事業の多角化などで利益を補い、増益となりました。ビール市場は、若者を中心に消費の落ち込みが目立っていますが、このところの物価上昇で消費者が価格志向を強めていることも伸び悩みにつながっており、各社は新商品の投入や事業の多角化で年間を通しても増益を確保したい考えです。

四、ニュースの内容に合っているものに〇、合っていないものに×をつけなさい。
　　① ×　　　　② ×　　　　③ 〇　　　　④ ×

五、ニュースを聞いて、正しい答えをそれぞれ①・②・③・④から選んで、〇をつけなさい。
　　1. ①　　　　2. ④　　　　3. ③

六、ニュースを聞きながら、次の文を完成しなさい。
　　① 物価上昇が続くなかで、消費者が価格志向をより強めている現状を反映する形となりました。
　　② 値上げをせず、高級ビールの販売も好調で、ビール系飲料の売り上げが6.4%伸びました。
　　③ 各社とも、事業の多角化などで利益を補い、増益となりました。
　　④ ビール市場は、若者を中心に消費の落ち込みが目立っています。
　　⑤ 各社は新商品の投入や事業の多角化で年間を通しても増益を確保したい考えです。

聞いた後

七、聞いたニュースのあらすじを日本語で話してみなさい。
　　略

第13課　ガリレオ

I ドラマの抜粋の視聴

 A 幽体離脱事件

聞く前に

一、次の文の下線に入れるのに最も適当なものを①・②・③・④から一つ選んで、○をつけなさい。

1. ②　　　　2. ①　　　　3. ③

二、次の漢字の読み方を書きなさい。

① [りだつ]　　　② [ちっそ]　　　③ [とびら]
④ [しんきろう]　⑤ [かせつ]　　　⑥ [かせぐ]

三、次の質問について、あなたの考えや意見を日本語で自由に話してみなさい。

略

聞く（スクリプト）

薫　　　：あの工場で液体窒素の流出事故があったそうです。9月22日に。

忠広の父：液体窒素？

湯　川　：液体窒素は零下200度以下の液体です。それが流出すればどうなるか。工場内の床は急激に冷凍され、ころがっていた長靴は凍りつく。工員たちは大慌てだ。すぐに

換気のため両方の大扉を全開にする。その結果、外の空気が工場内に一気に流れ込んだんです。真夏日の30度を越える熱気が。その瞬間、工場内の下には冷たい窒素、上には熱い空気という具合に、極めて密度の違うガスの層ができてしまった。つまり、蜃気楼ができる条件とまったく同じ状況が。これで僕の仮説は実証された。

忠広の父：違う。そんなのは勝手なこじ付けだ。忠弘は幽体離脱したんだよ。

薫　　：そういうことにしておかないと、お金にならないんでしょう。

忠広の父：俺たちは警察の捜査に協力してやってんだぞ。

薫　　：上村さん。幽体離脱じゃ、被疑者のアリバイを証明できないんですよ。でも湯川先生の説明なら、あの人は救われるんです。

忠広の父：理由なんか、どうだっていいじゃないか。車を見たのは、ほんとなんだから。

湯　川：そうはいかない。僕は理解できない現象を幽体離脱などというういい加減な理由で納得することは到底できない。謎の正体を徹底的に追及するのが科学者なんです。息子さんの絵を見て、幽体離脱説を持ち出してきたのはあなたでしょう。彼にそんな記憶があるはずがない。でもそれで父親がお金を稼いで喜んでくれるなら、自分も嘘に付き合おう。そう思ったんですよ。

四、ドラマを見ながらその対話を聞いて、内容に合っているものに〇、合っていないものに×をつけなさい。

　　① ×　　　　② 〇　　　　③ 〇　　　　④ 〇

五、ドラマを見ながらその対話を聞いて、正しい答えをそれぞれ①・②・③・④から選んで、〇をつけなさい。

　　1.②　　　　2.③　　　　3.④

六、ドラマの対話を聞きながら、次の文を完成しなさい。

　　① その結果、外の空気が工場内に一気に<u>流れ込んだ</u>んです。

　　② でも湯川先生の説明なら、あの人は<u>救われる</u>んです。

　　③ 僕は理解できない現象を幽体離脱などという<u>いい加減</u>な理由で納得することは到底できない。

　　④ でもそれで父親がお金を稼いで喜んでくれるなら、自分も嘘に<u>付き合おう</u>。

聞いた後

七、聞いた対話の内容のあらすじを日本語で話してみなさい。

　　　　略

B 超音波殺人事件

聞く前に

一、次の文の下線に入れるのに最も適当なものを①・②・③・④から一つ選んで、○をつけなさい。

    1. ②   2. ④   3. ④

二、次の漢字の読み方を書きなさい。

    ① [ぶじ]   ② [ちょうおんぱ]   ③ [どくそう]

    ④ [えし]   ⑤ [しばる]   ⑥ [とめる]

三、次の質問について、あなたの考えや意見を日本語で自由に話してみなさい。

    略

聞く（スクリプト）

湯川：内海君は無事だったよ。彼女の部屋にいた男はいずれしゃべるだろう。君に金で雇われたことを。

田上：それ何の話ですか。

湯川：超音波に目をつけるとは実に独創的なアイデアだ。しかし、その才能をあんなばかげたことに使うとは、まったく残念だね。

田上：ばかげたこと？世の中、善と悪は常に表裏一体ですよ。優秀なハッカーはネットの世界じゃ、一流企業からヘッドハンティングされる。それに軍事産業で働く天才たちは自分の仕事をばかげたことだとは思っていません。一人殺すだけなら犯罪者だけど、10万人殺す兵器を考えれば英雄なんですから。はあ。湯川先生がモラルに縛られるなんて、がっかりですね。

湯川：モラル？僕は科学者なら、研究テーマに対して誠実に取り組むべきだと言ってるんだ。超音波ツールを使用したとき、皮膚が壊死することを君は軽く見た。胸のあざなど誰も気に留めない。まして心臓麻痺との関連に気づく人間などいるはずがないとね。でも彼女は見逃さなかった。不完全な実証など何の意味もない。あれは失敗作だ。

田上：失敗作？

湯川：君のことを雇おうなんて考える軍事産業の関係者はいないね。

田上：あなたが絶賛した僕の卒論。あれを書いてたころから考えてたんだ！5年かけて作り上げた。これから改良を加え…

湯川：君にはできない。あんなものに5年もかけてるようじゃな。ここは僕のおごりだ。僕なら、あざも残さない。

田上：フフフ……あの人はやっぱり天才だ。

四、ドラマを見ながらその対話を聞いて、内容に合っているものに〇、合っていないものに×をつけなさい。

    ① ×   ② 〇   ③ ×   ④ ×

五、ドラマを見ながらその対話を聞いて、正しい答えをそれぞれ①・②・③・④から選んで、〇をつけなさい。

    1. ④   2. ②   3. ③

六、ドラマの対話を聞きながら、次の文を完成しなさい。

    ① 超音波に目をつけるとは実に独創的なアイデアだ。

    ② 一人殺すだけなら犯罪者だけど、10万人殺す兵器を考えれば英雄なんですから。

    ③ 胸のあざなど誰も気に留めない。

    ④ 君のことを雇おうなんて考える軍事産業の関係者はいないね。

聞いた後

七、聞いた対話の内容のあらすじを日本語で話してみなさい。

    略

C オカルト事件

聞く前に

一、次の文の下線に入れるのに最も適当なものを①・②・③・④から一つ選んで、〇をつけなさい。

    1. ②   2. ④   3. ③

二、次の漢字の読み方を書きなさい。

    ① [もうそう]   ② [はずす]   ③ [こんどう]

    ④ [ちゃばしら]   ⑤ [おさななじみ]   ⑥ [しんにゅう]

三、次の漢字の読み方を書きなさい。

    略

聞く（スクリプト）

内海：今度ばっかりはほんとのほんとにオカルトです。

湯川：僕にはストーカーの妄想にしか思えないけどね。それに君は捜査を外されたんだろ？

内海：これは私が小学生だったときの文集です。「僕の夢は……大好きなモリサキレミと結婚することです」。彼がこれを書いたのは17年前、被害者の森崎礼美さんが生まれる半年以上前です。つまり、坂木八郎は礼美さんが生まれる前から、出会うことを知ってたんです。

湯川：モリサキレミという架空の女性の妄想に取り付かれた少年が、17年後偶然同姓同名の女性と出会い、現実と妄想を混同させてしまった。つまり、単なる偶然だ。

内海：でも森崎礼美ですよ。山本とか、めぐみとかだったら偶然で済まされるかもしれないけど……森崎礼美、ありえない。

湯川：山本めぐみはありえて、森崎礼美はありえない。どこに基準があるんだ？

内海：一般論です。

湯川：うん、じゃあ、榎木マリコは？

内海：ありえます。

湯川：じゅあ、滑子ミユキは？

内海：ない。

湯川：榎木はあって、ナメコはないのか。椎竹トモヨは？

内海：シイタケはないけど、トモヨはある。

湯川：めちゃくちゃだ。全く論理的ではない。

内海：じゃあ、茶柱タツコはどうなんですか？

湯川：茶柱タツコ？そんなふざけた人間がどこにいるんだ？

内海：残念でした！うちのおばあちゃんの名前です。勝った。初めて勝った。

湯川：気が済んだのなら、帰ってくれ。

内海：違う！わたしが言いたいのは…

湯川：その同級生か幼なじみとやらに予知能力があるとでも？

内海：森崎礼美の部屋の窓です。普通外部からの侵入者はこんな難しいところからは入りません。でも、彼は入れた。鍵が開いていたんです。

湯川：それも偶然だ。

内海：じゃあ、これは？偶然が3つ重なるのも偶然？

湯川：夢。実に面白い。

四、ドラマを見ながらその対話を聞いて、内容に合っているものに〇、合っていないものに×をつけなさい。

　　① ×　　　　② ×　　　　③ 〇　　　　④ ×

五、ドラマを見ながらその対話を聞いて、正しい答えをそれぞれ①・②・③・④から選んで、〇をつけなさい。

　　1. ①　　　2. ④　　　3. ②

六、ドラマの対話を聞きながら、次の文を完成しなさい。

　　① 僕には<u>ストーカーの妄想</u>にしか思えないけどね。

　　② 山本とか、めぐみとかだったら<u>偶然で済まされる</u>かもしれないけど。

③ 気が済んだのなら、帰ってくれ。

④ 偶然が3つ重なるのも偶然？

聞いた後

七、聞いた対話の内容のあらすじを日本語で話してみなさい。

　　略

II　ニュースの視聴

聞く前に

一、次の文の下線をつけた言葉は、どのような漢字を書くか、それぞれ①・②・③・④から選んで、〇をつけなさい。

1. ②　　2. ③　　3. ①　　4. ②　　5. ④

二、次の漢字の読み方を書きなさい。

① [とっぱ]　　　② [もっとも]　　　③ [うわまわる]

④ [おとずれる]　　⑤ [ざんてい]　　　⑥ [だんかい]

三、次の質問について、あなたの考えや意見を日本語で自由に話してみなさい。

　　略

聞く（スクリプト）

　ことしの夏山シーズンに山梨県側から富士山に登った人は、21年ぶりに20万人を突破して、これまでで最も多くなりました。地元の富士吉田市は「登山を始めた人が最初に目指す山として定着しつつある」と話しています。

　富士山への登山者が最も多い山梨県側の登山道から登った人は、19日午前0時までに20万579人になりました。これは、去年の同じ時期を5万人以上上回るペースで、昭和62年の20万277人を超え、統計を取り始めてから最も多くなりました。ことしの富士山は天候が安定して晴れる日が多

く、18日も大勢の登山者が訪れていました。滋賀県から来た50代の夫婦は「足が丈夫なうちに2人の思い出を作ろうと思って来ました」と話していました。登山者が増えたことについて、地元の富士吉田市は「去年、世界遺産の暫定リストに入り、注目が集まったうえ、登山を始めた人が最初に目指す山として定着しつつある。団塊世代が大量退職を迎えたことも影響しているのではないか」と話しています。一方、登山者の増加に伴って、体調を崩したりけがをしたりするケースも増えていて、今シーズン、3人が登山中に死亡しています。けが人の救護などをしている富士山安全指導センターは「遠くから車やバスで訪れて睡眠不足のまま深夜から登り始める人も多い。体の不調を感じたら無理をしないでほしい」と話しています。

四、ニュースの内容に合っているものに〇、合っていないものに×をつけなさい。

① × 　　② 〇 　　③ 〇 　　④ ×

五、ニュースを聞いて、正しい答えをそれぞれ①・②・③・④から選んで、〇をつけなさい。

1. ③ 　　2. ① 　　3. ③

六、ニュースを聞きながら、次の文を完成しなさい。

① 今年の夏山シーズンに山梨県側から富士山に登った人は、<u>21年ぶりに20万人</u>を突破して、これまでで最も多くなりました。

② <u>昭和62年の20万277人</u>を超え、統計を取り始めてから最も多くなりました。

③ 登山を始めた人が最初に目指す山として<u>定着しつつある</u>。

④ 登山者の増加に伴って、<u>体調を崩したり</u>けがをしたりするケースも増えている。

⑤ 遠くから車やバスで訪れて<u>睡眠不足</u>のまま深夜から登り始める人も多い。

聞いた後

七、聞いたニュースのあらすじを日本語で話してみなさい。

略

第14課　ルーム・オブ・キング

I ドラマのシーンの視聴

A 響京子

聞く前に

一、次のカタカナ語と同じ意味の語を □ の中から選びなさい。

①[金持ち（豊か）]　　②[桃色]　　　　③[医者]

④[豪華]　　　　　　　⑤[共同生活]　　⑥[概念]

**二、次の文の下線に入れるのに最も適当なものを①・②・③・④から一つ選んで、〇を
つけなさい。**

1.①　　　　2.④　　　　3.①　　　　4.④

三、次の漢字の読み方を書きなさい。

①[ふじんか]　　②[きじゅん]　　③[ぶっけん]

④[ふきそく]　　⑤[やきん]　　　⑥[かいちく]

⑦[しょゆうけん]　⑧[すじょう]　　⑨[かくとく]

聞く（スクリプト）

響京子　：私は響京子。そう、みんないい名　　　しいものはとにかく広くてリッチ
　　　　　前だって言ってくれる。私が今ほ　　　なお部屋。そんなの、簡単。私、

お金あるもの。私がこんな巻き髪クリンクリンだからって、ピンクピンクのお洋服だからって。また下85センチだからって、また下85センチだからって、なめちゃだめよ。私こう見えても。

真島洋平：どう見てもキャバ嬢（※水商売の一種）に見えます。どこ行くの？彼女。おっ、婦人科？っていうことはモテモテで性病、と思いきや……（「おはようございます」「おはよう」）彼女、この病院のドクター。それも院長だ。

看護士A：先生、ゆうべは遅かったんですか？

響京子：なんで？

看護士A：先生酒くさいから。

響京子：ほっといてよ。

真島洋平：ああ、おれ、おれは真島洋平。スタイリストっていうんだけど。まあ、あとで縁があるから、その時よろしく。

看護士B：失礼します。

看護士C：失礼します。

看護士D：失礼します。

響京子：今日は網でいい。

真島洋平：つまり履き替えないということね。

響京子：ねえ、もうちょっと看護士増やせないのかしら？っていうか、もうちょっとイケメン（※いけてるmen＝いい男）増やせないのかしら？

看護士D：ずばり言いましたね。

響京子：ずばり言ったわよ。イケメン入れられるの？られないの？

看護士A：必要ですか？

響京子：あたりまえじゃない。こっちが病気になっちゃうよ。……はーい、お入りください。

＊ ＊ ＊ ＊ ＊ ＊ ＊ ＊ ＊ ＊ ＊ ＊

真島洋平：ここは青山の不動産屋。

響京子：何、それ？

真島洋平：響、ごきげんななめで、足を組み替えたところ……

響京子：何なの？

真島洋平：この不動産屋は知る人ぞ知るって感じ、特徴は遅くまでやっていること。正確に言うと、遅い時間しかやっていない。夜九時から深夜零時のたった3時間。残りの21時間は何やって（いる）んだって感じ。とにかくこの不動産屋はヤバイ。

伊集院1：そんなねぇ、もうありませんよ。この辺りで広くて美しい部屋なんて、そうはありませんよ。

響京子：ないわけないでしょう。お金いくらでもいいって言っているんだから。

伊集院1：いくらでもいいんですか。

響京子：（そん）なわけないでしょう。でも、けっこうお金かけていいと思っているの。とにかく今私がほしいのは広くてゴージャスなお部屋なんだから。

伊集院1：だから、たくさん紹介したじゃないですか。

響京子：いまいちぴんとこないのよね。

伊集院1：どうせ自分のお金じゃないでしょう。

響京子：ちょっと、不動産のくせに、何なの？私のお金よ、百パー。（※パーセント）こちとら医者なんだから。

伊集院1：こちとら？！

響京子：「こちとら」にひっかからないで、「医者」にひっかかってよ。

伊集院1：医者なんですか。

響京子：まあ、わけあって、院長やってますけど。

伊集院1：ええ、すごいじゃないですか。

響京子：あのさあ私、そんな暇じゃないんだけど。

伊集院1：分かりました、分かりました。じゃ、お見せします。いい物件あるんですよ。これ誰にでも紹介できる物件じゃないんでねえ。

響京子：さっさと出しなさいよ。

伊集院1：さっさと出したら、面白くないじゃないですか。

響京子：ふざけてんの？

伊集院1：いいえ、真剣なスカウトです。

響京子：ハハアすごい！すごい！素敵！すごい、素敵！ああ、素敵！ああ、この部屋30畳もある。あっ、9部屋もあるじゃない。ああ、無理だわ。さすがにこんなにお金出せない。

伊集院1：どこにも金額書いていないじゃないですか。

響京子：見なくたって分かるわよ。一等地に30畳の部屋が……9部屋も……

伊集院1：全部だとは言っていませんよ。このお部屋を、お貸ししますと言ったんです。

響京子：へえ、じゃ、もしかしてルームシェア？

伊集院1：はい。

響京子：ありえない、誰かと共同生活なんて。

伊集院1：はい、お風呂、台所、洗濯機、何から何まですべて共同なんですね。あっ、ただトイレだけは各部屋に付いていますけどね。

響京子：なんでこんなリッチな部屋を長屋みたいな状況にして置いとくのよ。改築して分譲にしなさいよ。

伊集院1：それはできないんですね。まっ、

できないっていうか、したくないだけなのかな。いや、どうなのか。…君は言っているんだ。…いや、私…

響京子：なに自分と対話しているんのよ。とにかく誰かと住むなんて無理なんだから。私、生活も不規則だし、他人に迷惑かけるなんていやなの。深夜にお風呂に入りたいし、逆に夜勤あけなんかは昼まで寝たいんだから、他人の生活音で起こされるなんて、まっぴら。

伊集院1：じゃ、やめますか。

響京子：ちょちょちょちょちょっと待ってよ。ちなみに家賃は？

伊集院1：いくらでもいいです。

響京子：えっ、いくらでもいいって、どうして？

伊集院1：まあ、詳しくは面倒くさいから言いませんけど、基本的にはぼくが選んだ方に住んでいただく物件なんで。

響京子：選んだって、どういう基準で？

伊集院1：それは詳しくお教えできませんが、まあ、一言で言うならばキングになれるかどうか。

響京子：キング？なに？

伊集院1：将来その道のキングになれそうだとぼくが判断したお方ばかりを集めて、ぼくが一番大事にしている家に住んでいただくというコンセプトなんです。

響京子：コンセプト？まるで企画じゃない。

伊集院1：まあ、企画みたいでも、こんなにすばらしい部屋に住めばいいじゃないですか。

響京子：じゃ、5万。

伊集院1：じゃ、5万で。

響京子：ええ、5万でいいの？

伊集院1：あまりよくないけど、いいですよ。

響京子　：ああ、そうだ、そうだ、どんな人がすでに住んでるの？

伊集院1：ぼくが選んだ人です。

響京子　：だから、どんな人なんだって言ってるんだよ。男なの？とか。職業は？とか。

伊集院1：それはお教えできないんです。ですから響さんのことも素性も他の方にお教えしませんので、六本木の病院に迷惑がかかることはありませんよ。

響京子　：六本木？私の病院が六本木なんてまだあなたに言ってないわよ。なぜそれ知ってるの？

伊集院1：じゃ、手続きにまいりましょうか。

四、ドラマの対話を聞いて、内容に合っているものに〇、合っていないものに×をつけなさい。

　　① ×　　　② 〇　　　③ 〇　　　④ ×

五、ドラマの対話を聞きながら、次の文を完成させなさい。

響京子　：何、それ？

真島洋平：響、① ＿ごきげんななめで＿、足を組み替えたところ……

響京子　：何なの？

真島洋平：この不動産屋は② ＿知る人ぞ知る＿って感じ、特徴は遅くまでやっていること。正確に言うと、③ ＿遅い時間しかやっていない＿。夜九時から深夜零時のたった3時間。残りの21時間は何やって（いる）んだって感じ。とにかくこの不動産屋はヤバイ。

　　　　　……

伊集院1：まあ、詳しくは面倒くさいから言いませんけど、基本的には④ ＿ぼくが選んだ方に住んでいただく＿物件なんで。

響京子　：選んだって、どういう基準で？

伊集院1：それは⑤ ＿詳しくお教えできません＿が、まあ、一言で言うならばキングになれるかどうか。

聞いた後

六、伊集院1が最後に紹介した物件は、どんな特殊な事情がありますか。

　　・お風呂、台所、洗濯機などが共同で、9人が一人ずつ1部屋に住む。

　　・住む人は伊集院2が選ぶ。

B 森次郎

聞く前に

一、次の文の下線に入れるのに最も適当なものを①・②・③・④から一つ選んで、〇をつけなさい。

1. ②　　　　　2. ①　　　　　3. ④

二、次の漢字の読み方を書きなさい。

①［しょうばいっけ］　　②［うらないし］　　③［そしつ］

④［せんこうとうし］　　⑤［ししょばこ］　　⑥［どうきょ］

聞く（スクリプト）

伊集院2：はい、コーヒー。私がドリップしたんですよ。

森次郎　：あのう、ここお一人で？

伊集院2：え？ええ、まあ。こんな狭いところだし、あんまり商売っ気もないし、ほそぼそと一人でやっていますよ。

森次郎　：商売っ気のない不動産屋なんて聞いたことないですよ。

伊集院2：あ、それで、どんな物件をお探しで？

森次郎　：あ、今家が遠いんで、ここらへんに住めたら楽だなあって思ってるんですけど。まあでも、見て分かるとおり俺、金もってないんで、なんかプレハブみたいなところっつうか、まあとにかく安いところはないですかね？

伊集院2：青山表参道にプレハブは無いでしょう。

森次郎　：あ、いや、プレハブがいいっていうわけではないんですけど、その、まあでも、表で見たけど、すごいよね。6畳で18万とかしちゃ

うんだもん、意味わかんないよ。

伊集院2：意味分かるでしょう。…今日はあなたにちょうどいい物件がある。あ、そうだ、そのためにわざわざあなたに入ってもらったんだ。あなた、森さんでしょう？

森次郎　：え？なんで俺の名前知ってるんですか？

伊集院2：だって有名ですもん。

森次郎　：有名なわけねえじゃん。だって俺しがないフリーターだよ。しかも全然続かねえの。おじいちゃん、頭だいじょうぶ？

伊集院2：ちょっと短縮しちゃったかな。だって、これから有名になるんですよ、あなた。

森次郎　：ええ？あ、おっちゃん、占い師だ。俺なんかパクられちゃうんでしょう？（※捕まる。）

伊集院2：いやいやいや、あなた、お金持ちになる素質があるんですよ。まあ言ってみれば先行投資みたいなもんで。ま、同居になりますけどね。

森次郎　　：ああ、全然いいよ。ルームシェアっ
　　　　　　てやつでしょ？だれと？

伊集院2：いや、どなたがキングになられる
　　　　　　か、ちょっとあなたには申し上げ
　　　　　　られないんですけど。

森次郎　　：ん？キングって？

伊集院2：や、キングって書いただけで郵便
　　　　　　物が届くんですから。

森次郎　　：え？私書箱みたいなことになって
　　　　　　るの？

伊集院2：だってキングになられるかもしれ
　　　　　　ない方が9人も一緒に住んでるん
　　　　　　ですよ。

森次郎　　：9人？！9人で同居するの？

伊集院2：まあ、同居と言っても皆さん忙し
　　　　　　い方ばかりですから…顔を合わせ

るかどうか。2万でいいですよ。

森次郎　　：え？

伊集院2：家賃。

森次郎　　：まじっすか？！（※マジですか＝
　　　　　　真面目ですか＝本当ですか）

伊集院2：じゃ、手続きは、バイトの帰りに
　　　　　　でも、明日の夜にでも寄っていた
　　　　　　だければ。あ、もうちょうど5分
　　　　　　だ。いってらっしゃい。

森次郎　　：ああ、ほんとだ。じゃ、コーヒー
　　　　　　ごちそうさま。

伊集院2：あ、ちょっとちょっと、あのお母
　　　　　　さんの花忘れないように。

森次郎　　：ああ、いけない。じゃあまた。…
　　　　　　なんで母ちゃんにあげる花だって
　　　　　　知ってるんだ？

三、ドラマを見ながらその対話を聞いて、正しい答えをそれぞれ①・②・③から選んで、
　〇をつけなさい。。

　　　1.　③　　　　　2.　①　　　　　3.　②　　　　　4.　②

四、ドラマの中に出てくる省略形や異音変化の口語を普通形になおしなさい。

　　①［どんな物件をお探しで（いらっしゃいま）すか］

　　②［楽だなと思っているのですけど］

　　③［プレハブのような所と言いますか。］

　　④［だって有名ですもの。］

　　⑤［有名なわけないじゃない］

　　⑥［9人も一緒に住んでいるのですよ］

五、ドラマの対話を聞きながら、次の文を完成させなさい。

　　伊集院2：いやいやいや、あなた、お金持ちになる素質があるんですよ。まあ言っ
　　　　　　　てみれば先行投資みたいなもんで。ま、①　同居になりますけど　ね。

　　森次郎　　：ああ、全然いいよ。ルームシェアってやつでしょ？だれと？

　　伊集院2：いや、どなたがキングになられるか、ちょっと②　あなたには申し上
　　　　　　　げられないんです　けど。

　　森次郎　　：ん？キングって？

　　伊集院2：や、キングって③　書いただけで郵便物が届く　んですから。

聞いた後

七、ルームシェアと一人暮らしの良い点、悪い点をそれぞれ比較して述べなさい。

略

C 朝子

聞く前に

一、次の文の下線に入れるのに最も適当なものを①・②・③・④から一つ選んで、〇をつけなさい。

1. ②　　　2. ③　　　3. ①　　　4. ②

聞く（スクリプト）

朝子：あーあ、結婚したーい！

OL1：もう職場内にはいないね。

OL2：だから、習い事とか他で見つけるしかないって。

朝子：習い事か、めんどくさいなー。

OL2：無いの？なんか興味あること。

朝子：無いよー。

OL2：ほんとになんか無いの？

朝子：えー、ああ留学とかしてみたいかも。

OL1：留学ってどこに？

朝子：え、ロンドンとか、ほらルームシェアしてさ、皆でキッチンでご飯食べたりおしゃべりしたり。こう色んな国の人が一つ屋根の下にいるの。アメリカ人、フランス人、あと中国人。イギリス人も田舎から来た人とか。こうなんかこう、異文化のごった煮みたいな感じ？

OL2：恋とか恋とか？

朝子：あ〜！芽生えちゃったりして！「ビバリーヒルズ青春白書」（アメリカのテレビドラマ）みたいなね！いや、見たことないけど。

OL1：見たことないんか！

朝子：あ

OL1：どうせなんか見て言ってるんでしょう？

朝子：うん旅もの

OL1：うん旅ものって番組名とか分かんないんだ。

朝子：分かんない。なんかね、会社から帰ってチャンネルひねったらやってたの。

OL1：今時チャンネルひねんないよ、どんなテレビ持ってんのよ。

OL2：朝子って死語多いよね。

朝子：死語死語っていうけどさあ、じゃあ、いつその言葉が死んだって認定されたのか教えてほしいよ。そしたらそれ以

降使わないから。

OL1：一つ屋根の下かあ。

朝子：そう何かね、カメラマンとかデザイナーとかアーティストとか学生とかにとにかくこう色んな人がいて、なんか超かっこよかったんだよねー。

OL1：華やかだねえ。でもあたしたちは…

朝子：しがないOL。

OL2：ま、でも平和じゃん。

OL1：そして気楽じゃん。おいしい楽しいランチバイキング。

朝子：こうやって歳をとってく…。いいのかな？このままで。ねえ、なんかちょっと焦ってきた。

OL1：ほんと？早く結婚しないと！

OL2：やばいよ！

朝子：えっえっえっ、何かあった？何かあった？出会いとか、出会いとか。

OL1：うん？それなんだけどね…

二人：え？何？

OL1：ふふふ…彼氏ができたぞー！

朝子：あー！そう来たか！そう来たか！

二、ドラマを見ながらその対話を聞いて、正しい答えをそれぞれ①・②・③・④から選んで、〇をつけなさい。

　　　1．②　　　　2．②　　　　3．②

三、ドラマの中に出てくる省略形や異音変化の口語を普通形になおしなさい。

　　①［何か見て言っているのでしょ］

　　②［どんなテレビを持っているの］

　　③［超格好よかった］

　　④［平和じゃない］

　　⑤［こうやって歳をとっていく］

四、ドラマの対話を聞きながら、次の文を完成させなさい。

　　朝子：あーあ、結婚したーい！

　　OL1：もう①　職場内にはいない　ね。

　　OL2：だから、習い事とか②　他で見つけるしかない　って。

　　　　　……

　　朝子：え、ロンドンとか、ほらルームシェアしてさ、皆で③　キッチンでご飯食べたり　おしゃべりしたり。こう色んな国の人が一つ屋根の下にいるの。アメリカ人、フランス人、あと中国人。イギリス人も④　田舎から来た人とか　。こうなんかこう、異文化のごった煮みたいな感じ？

D 引越し

聞く前に

一、次の文の下線に入れるのに最も適当なものを①・②・③・④から一つ選んで、○をつけなさい。

　　1.　③　　　　　2.　①　　　　　3.　④

聞く（スクリプト）

朝子：ねえ、外人いる？

森次：あ？いや、分かんない。おれも入ったばっかだからさ。

朝子：ああ、そうか。ごめんね、手伝わしちゃって。

森次：あーぜんぜんいいよ。

朝子：あ、そうだ。私は朝子。銀行窓口なの。

森次：へえ、すごいじゃん。

朝子：いいえ、まあ、制服あるけど、ぜんぜん。名前呼ぶだけだもん。ああ、あと笑顔、ほら、石ちゃんみたいな。

森次：石ちゃん？石塚？

朝子：うん。

森次：あの人ってさあ、すげえうまそうに食うよね。

朝子：うん、っていうかさ、あの、私時々読めない漢字とかあってね。

御手洗さま！……

おてあらいさまって読んだら、部長飛んできちゃってさ、あとで支店長にまで怒られちゃったよ。もう。

森次："みたらい"だろ。

朝子：あれ、ふつう分かんないよね。

森次：いやふつう分かるよ。

朝子：あとさ、あとさ、花津さんっていう人がこの間来てね、そしたらね、下の名前がすごいの。まりだよ、まり。

森次：はあ。

朝子：続けて呼んでみてよ。ハナツーマリ……鼻詰まり。ウヒャヒャヒャ……って感じでね、もう。

森次：ウヒャヒャヒャってね、死語だよ。

朝子：へえ、そうなの？あ、なんか私、死語多いみたい。

森次：俺は森次郎。森次でいいよ。花屋でバイト中のフリーター。

朝子：へえ、お花？すってきー！

響　：すーごい、すってきー。フリーターに銀行の窓口に、どうなってんの、このうちは。何がキングよ、騙されたー。

森次：あの人は、ああ見えてもお医者さんなんだって。

朝子：医者？見えない。

響　：じゃ、どう見えるの？

森次：まっ、まあ、仲よくしましょうよ。ルームメイトなんだから。

響　：やめてよ。私は、あなたたちみたいにふわふわ生きてんじゃないんだから。甘いのよ。生きるってことがどういうことなのか、全然分かっていないのよ。

森次：ははは。どういうことなんですかね。

響　：花津まりー鼻詰まりー……

真島：ああ、いらっしゃい。

皆　：MAJIMAX？！

朝子：まじMAJIMAXじゃないですか！昨日の雑誌で見ました！

森次：もうキングじゃ…なんで？

真島：おれ、おれ？もう全然…よ。もうねえ、おれ3ヶ月もやったけどね、スタイリスト業界では、でもまだまだ全然…。

＊　＊　＊　＊　＊　＊　＊　＊　＊

OL2：ええ！MAJIMAXと一緒に住んでいるだあ？

朝子：ちょちょちょちょっ、声がでっかいって。

OL1：ねえ、ねえ、なんで、なんで。

朝子：まあ、よく分かんないけど、なんか二人帰ったあとそういうことになって。

OL2：MAJIMAXがいるっていうことは、え？他にもセレブとか芸能人とかいっぱい住んでいるっていうこと？

朝子：いや、でもあそこ、なんかね、あまり有名な人を入れないんだって、これから伸びる人に安く貸すんだってさ。

OL1：あんた見込まれたってこと？

朝子：いやあ…

OL2：あんたのどこをなにを見込まれたってわけ？

朝子：さあ…

OL1：辞めるの？会社？

朝子：まさか。ばりばりのコネ入社だよ。

OL2：そうだよ。この子ズルして入っているんだから。

朝子：ズルは、やめて、ズルは。コネも実力のうちよ。

OL2：お父さんは九州の支店長で、なぜかこの激戦区の青山支店だよ。ズルでしょう、あきらかに。

朝子：いや、だからさ、東京に来たかったしさ、父親と職場までが一緒っていうのはちょっと最悪でしょう。

OL1：確かに、職場が毎日お見合いに。

OL2：「おい、朝子。何々君なんかどうだ。お父さん口聞いてやろうか。」

朝子：結婚までコネはいやー！

OL1：どこなの？その不動産屋。

OL2：あんた、まさか。

OL1：行くでしょう。

OL2：もちろんでーす。

二、ドラマを見ながらその対話を聞いて、正しい答えをそれぞれ①・②・③から選んで、〇をつけなさい。

1. ①　　　　2. ①　　　　3. ③

三、ドラマの中に出てくる省略形の口語を普通形になおしなさい。

① ［おれも入ったばかりだから］　② ［すごいじゃない］

③ ［手伝わせてしまって］　　　　④ ［ずるいことをして］

四、ドラマの中に出てくる異音変化の口語を普通形になおしなさい。

① ［分からない］　　　　　　　　② ［というか］

③ ［どうなっているの］　　　　　④ ［生きているのではないのだから］

五、ドラマの対話を聞きながら、次の文を完成させなさい。

OL2：MAJIMAXがいるっていうことは、え？他にもセレブとか芸能人とかいっぱい住んでいるっていうこと？

朝子：いや、でもあそこ、なんかね、① <u>あまり有名な人を入れない</u> んだって、これから伸びる人に安く貸すんだってさ。

OL1：あんた② <u>見込まれた</u> ってこと？

……

OL1：辞めるの？会社？

朝子：まさか。③ <u>ばりばりのコネ入社だ</u> よ。

OL2：そうだよ。この子④ <u>ズルして入っているんだから</u> 。

朝子：ズルは、やめて、ズルは。コネも実力のうちよ。

第15課　東　京　少　女

Ⅰ ドラマのシーンの視聴

A 百年前と百年先

聞く前に

一、次の文の下線に入れるのに最も適当なものを①・②・③・④から一つ選んで、〇をつけなさい。

1. ①　　　　　2. ②　　　　　3. ④　　　　4. ③

二、次の漢字の読み方を書きなさい。

① [ゆくえ]　　　　② [もんかせい]　　　③ [もさく]

④ [こいごころ]　　⑤ [こうさく]　　　　⑥ [ようしゃ]

⑦ [せりふ]　　　　⑧ [ひょうざん]　　　⑨ [ちんぼつ]

⑩ [ごうかきゃくせん]

三、次の質問について、あなたの考えや意見を日本語で自由に話してみなさい。

　略

聞く（スクリプト）

時次郎：あ！

未　歩：あ、コールしてる。

時次郎：あっ、もしもし…もしもし！

未　歩：つながっちゃった。もしもし？

時次郎：おお、聞こえた。

未　歩：聞こえたじゃないでしょう。あなたが教えてくれた住所…

時次郎：ああ、待って待って。

未　歩：え？

時次郎：その前に、僕は君に謝らなくてはならない。

未　歩：謝る？

時次郎：この前は柄にもなく言い過ぎた。女子に言う言葉ではなかった。謝るよ。すまない。許してほしい。

未　歩：あ、いえ…私のほうこそ、ごめんなさい。

時次郎：君は謝る必要ないよ。

未　歩：あ、だって、あたしも言い過ぎたから。

時次郎：で？

未　歩：え？

時次郎：続き、どうぞ。

未　歩：ああ、あなたが教えてくれた住所に行ってみたんだけど、宮田さんなんて家はどこにもなくって。

時次郎：おかしいな。そんな筈ないよ。現に今、僕が住んでいるんだから。

未　歩：住んでるって…あ、じゃあ、もう一度住所を教えてもらってもいいですか。今度はちゃんとしたの。

時次郎：ああ、ちゃんとしたの、ちゃーんと教えよう。

未　歩：うん、お願いします。

時次郎：東京市本郷区湯島……

未　歩：また？

時次郎：え？

未　歩：ありもしない住所

時次郎：ありもしないって？

未　歩：あ、わかった。

時次郎：何が

未　歩：謝って優しい人のふりして油断させて、私の携帯盗もうって気なんだ。

時次郎：は？

未　歩：嘘つき泥棒じゃん。

時次郎：泥棒って…ちょっと、ちょっと待った。嘘つきの泥棒と言われちゃ、こっちだって黙っちゃいられないね。女子だろうがなんだろうがもう容赦はしない。

未　歩：逆切れ？

時次郎：表へ出ろ。

未　歩：だから、ちゃんとした住所教えてくれなきゃ、会おうにも会えないわけ。何度も同じこと言わせないでよ。

時次郎：そりゃ、こっちの台詞だろ。何度も同じこと言わせんな。いいか、僕が住んでいるのは今も昔も東京市本郷区湯島。それだけは間違いない。覚えておけ。

未　歩：今も昔も？……ワームホール？まさかあの時…。もしあそこにワームホールがあったとしたら…

時次郎：ワームホール？

未　歩：ねえ、私の携帯どこで拾った？

時次郎：どこって、出版社の階段だよ。いきなり落ちてきたんだ。

未　歩：その出版社ってどこにあるんですか。

時次郎：たしかあそこは赤坂区だったと思うけど。

未　歩：赤坂？あたしが携帯落したホテルがある場所だ。間違いない、あたしの携帯はワームホールに落ちたんだ。

時次郎：あのう、こっちにも分かるように話してくれない？

未　歩：ワームホールって言うのは過去と未来をつなぐタイムトンネルのこと。きっとあの地震でワームホールが開いたんだよ！

時次郎：さっぱりわかんないんだけど。

未　歩：今は西暦何年の何月何日ですか。

時次郎：はい？

未　歩：ちゃんと答えて。

時次郎：あ、はい。今日は1912年の4月16日。

未　歩：1912年！

時次郎：明治45年だろ。

未　歩：明治って……

時次郎：何驚いてんの。

未　歩：だって、こっちは2008年の4月16日なんだもん。

時次郎：2008年だ？

未　歩：そう。

時次郎：100年近い先じゃないか。からかわないでくれよ。

未　歩：あ、そうだ。ちょっと待って。1912年……4月16日。4月15日にタイタニックが沈んでる。

時次郎：タイタニック？

未　歩：イギリスの豪華客船のこと。その船が昨日、2千人の人を乗せたまま氷山にぶつかって沈没してるの。新聞とかに出てません？

時次郎：そんなの知らん。

未　歩：あっ、明日の新聞かも。

時次郎：大ぼらだな。君こそ嘘つきじゃないのか。

未　歩：嘘じゃないんだってば。

時次郎：第一、どうしたら明日起こることがわかるんだよ。

未　歩：私は2008年にいるの。だから、あなたの明日は私の過去なの。

時次郎：さっぱりわからん。

四、ドラマの対話を聞いて、内容に合っているものに○、合っていないものに×をつけなさい。

①　×　　　②　○　　　③　×　　　④　○

五、ドラマを見ながらその対話を聞いて、正しい答えをそれぞれ①・②・③・④から選んで、○をつけなさい。

1. ③　　　2. ③　　　3. ①

六、ドラマの対話を聞きながら、次の文を完成させなさい。

①　この前は　柄にもなく　言い過ぎた。女子に言う言葉ではなかった。謝るよ。すまない。許してほしい。

②　おかしいな。そんな答ないよ。　現に今　、僕が住んでいるんだから。

③　ちゃんとした住所教えてくれなきゃ、　会おうにも会えない　わけ。何度も同じこと言わせないでよ。

④　ワームホールって言うのは　過去と未来をつなぐ　タイムトンネルのこと。きっとあの地震でワームホールが開いたんだよ！

⑤　　大ぼら　だな。君こそ嘘つきじゃないのか。

聞いた後

七、女の人が電話で男の人と会話をしているうちに気づいたことを日本語で言ってみなさい。

略

聞く前に

一、次の文の下線に入れるのに最も適当なものを①・②・③・④から一つ選んで、〇をつけなさい。

    1. ③   2. ④   3. ①

二、次の漢字の読み方を書きなさい。

    ①［きせき］   ②［でんせん］   ③［しょうせつか］

    ④［ふとん］   ⑤［くうそう］   ⑥［しんじんしょう］

聞く（スクリプト）

時次郎：おお！

未　歩：出て！

時次郎：もしもし。もしもし。

未　歩：あ、出た。もしもし。

時次郎：待ってたんだよ、君の電話。

未　歩：え？

時次郎：当たったんだよ、タイタニック。

未　歩：ああ。

時次郎：君、本当に100年後の人間なのか？

未　歩：やっとわかってくれたんだ。

時次郎：信じられないけど、本当なんだよな、これって。

未　歩：うん。奇跡だよね。

時次郎：でも、どうして君と僕なんだ？

未　歩：あ、そっち、月見えてます？

時次郎：月？

未　歩：はい。

時次郎：あ、ちょっと待って。……出てるよ。きれいな月だ。

未　歩：やっぱり。

時次郎：やっぱりって？

未　歩：この電話、月が出ている時だけつながるみたいなんです。

時次郎：あ、そうなんだ。

未　歩：うん、理由はわからないけど。

時次郎：しかし、これほど小さく電線のない物が電話とは驚きだよ。

未　歩：あ、そっか。そっちの時代にも電話はあるんだ。

時次郎：家にはないけど、夏目先生のお宅にはある。

未　歩：夏目先生？

時次郎：当代きっての小説家、夏目漱石先生だよ。

未　歩：夏目漱石？

時次郎：夏目先生は自分がかけたいから電話をひいたのであって、向こうからかかってくる電話には用はないと、布団につつんでベルが聞こえないようにしているよ。

未　歩：はは。布団に？

時次郎：小説を書いている時、ベルの音に邪魔されたくないらしい。

未　歩：へえ。でも、夏目漱石も電話つかってたんだね。

時次郎：夏目先生知ってるの？

未　歩：知ってるもなにも超有名な小説家で
　　　　しょう。『我輩は猫である』読みま
　　　　したよ。

時次郎：おお、『猫』を知ってるのか？

未　歩：はい。あとは、『三四郎』とか『そ
　　　　れから』とか。

時次郎：うんうん。

未　歩：あ、『こころ』なんかはテストに出
　　　　たりする。

時次郎：こころ？それは知らないな。

未　歩：うそ、『こころ』ってけっこう代表
　　　　作ですよ。

時次郎：そうなの？

未　歩：あ、これから書くのかな？

時次郎：これから……。あ、なるほど。

未　歩：でも、夏目漱石が先生ってことは、
　　　　時次郎さんも小説家なんですね。

時次郎：僕は夏目先生の門下生だ。

未　歩：えー、すごい。え、じゃあ、もう小
　　　　説とか出てたりするんですか？

時次郎：いや、僕はまだ帝大生で。

未　歩：帝大って？

時次郎：あ、東京帝国大学だよ。

未　歩：え？東大？頭いい。

時次郎：父は小説家には大反対で、会社を継
　　　　いでもらいたいみたいなんだけど、

卒業までに世に出れば、父も認めて
くれると思うんだ。

未　歩：なんだか不思議。

時次郎：どうして？

未　歩：だって私も小説家めざしてるんだも
　　　　ん。

時次郎：そうなの？

未　歩：うん。ファンタジーノーベル新人賞
　　　　っていうの目指してる。

時次郎：ファンタジーノーベル？

未　歩：あー、空想小説っていうのかな。未
　　　　来の事を空想して書いたりする小説
　　　　のこと。

時次郎：未来のこと？

未　歩：そう

時次郎：未来…

未　歩：あ、そうだ。あたし、まだ自己紹介
　　　　してないね。

時次郎：え？

未　歩：名前とか。

時次郎：あ、そうだね。

未　歩：あたし、藤咲未歩って言います。

時次郎：みほさん…

未　歩：うん、未来に歩くって書いて未歩。

時次郎：未来に歩く。いい名前だね。

未　歩：ああ、ありがとう。

三、ドラマを見ながらその対話を聞いて、正しい答えをそれぞれ①・②・③・④から選ん
　で、〇をつけなさい。

　　1. ④　　　　2. ④　　　　3. ③

四、ドラマの対話を聞きながら、次の文を完成させなさい。

　① この電話、月が出ている時だけ　つながるみたい　なんです。

　② 夏目先生は自分が　かけたい　から電話をひいたのであって、向こうから
　　　かかってくる　電話には用はないと、布団につつんでベルが聞こえないよう
　　　にしているよ。

　③ 父は小説家には大反対で、会社を　継いでもらいたい　みたいなんだけど、
　　　卒業までに　世に出れば　、父も認めてくれると思うんだ。

聞いた後

七、ドラマの中で未歩と時次郎はそれぞれ夏目漱石とどんな関係なのかを日本語で説明してみなさい。

　　略

C　寄せ合っていくほのかな恋心

聞く前に

一、次の文の下線に入れるのに最も適当なものを①・②・③・④から一つ選んで、〇をつけなさい。

　　1. ①　　　2. ③　　　3. ②　　　4. ④

聞く（スクリプト）

未　歩：もしもし。

時次郎：時次郎だけど。急に切っちゃうから、ちょっと心配になっちゃって。

未　歩：ごめんなさい。

時次郎：泣いてるの？よかったら話してくれないかな。辛い事や悲しい事って人に話したりするだけで少し楽になったりするから。

未　歩：自分でも子供だってこと、分かってる。

時次郎：うん。

未　歩：勝手なわがまま言ってること。

時次郎：うん。

未　歩：お母さんが再婚するんだ。お父さんが亡くなってから私とお母さん、ずっと二人でやってきた。なのに、急に結婚したい人がいるって言われたの。お母さんがなんか、どっか遠くにいっちゃうようで、知らない人になっちゃうみたいで、さみしい。

時次郎：分かるよ、その気持。

未　歩：ほんとに？

時次郎：うちのお母さんも亡くなっているから。

未　歩：そうなの？

時次郎：僕が１５の時にね。それから、父は妾だった人と籍を入れて、今は別の所で暮らしてる。

未　歩：そうなんだ。

時次郎：最初はいやな感じがしたけど。

未　歩：うん。

時次郎：いくら自分の親だからって、子供が親を独り占めしちゃいけないって思うようになったんだよね、この頃。親にも親の人生があるんだからって……。伝わったかな。あまり、うま

日语视听说教程（一）参考用书

未　歩：ううん。ありがとう。ちゃんと勇気もらったよ。く言えなかったけど。

時次郎：よかった。

未　歩：でもさ、こんなふうに百年の時を越えて、あたしたちが知り合ったこと、誰かに話したって、きっと誰も信じてくれないよね。

時次郎：たぶんね。

未　歩：なんだか行きたくなっちゃったな。そっちの世界。

時次郎：そうだ。

未　歩：何？

時次郎：月って昼間でも出てるよね。

未　歩：うん、たしか。お昼の月、見たことがあるよ。

時次郎：じゃあ、お昼、月が出ている時に、デートというものをしようか。

未　歩：ええ？デート？

時次郎：デートというものはね、男と女が時間と場所を約束して会い、食事したり買い物したりすることだ。それはなんでも欧米ではデートと言うらしい。

未　歩：知ってるよ、デート。

時次郎：え、知ってる？

未　歩：ふふ。だって、こっちでもデートって言葉、使ってるもん。私はまだしたことないけど。

時次郎：したことないんだ。よかった。

未　歩：うん？

時次郎：あ、ううん、なんでもない。

未　歩：でも、面白そうだね、デート。しちゃおっかな。

時次郎：じゃあ、そうと決まればいつがいい？

未　歩：あ、ちょっと待って。……えーっと、昼間に月が出てるのは…このへんかな、4月26日。

時次郎：よし、決まり。

未　歩：じゃあさ、どこ行く？

時次郎：デートと言えば、蓮華に行くのがハイカラと決まっている。

未　歩：れんが？

時次郎：蓮花寺（れんげじ）、銀座のことだよ。

未　歩：銀座かあ、いいね。

二、ドラマを見ながらその対話を聞いて、内容に合っているものに〇、合っていないものに×をつけなさい。

　　① ×　　　　② 〇　　　　③ ×　　　　④ 〇

三、ドラマを見ながらその対話を聞いて、正しい答えをそれぞれ①・②・③・④から選んで、〇をつけなさい。

　　1. ③　　　　2. ①　　　　3. ②

四、ドラマの対話を聞きながら、次の文を完成させなさい。

　　① 辛い事や悲しい事って人に　話したりするだけで　少し楽になったりするから。

② お母さんがなんか、どっか遠くに　いっちゃうようで　、知らない人になっちゃうみたいで、さみしい。

③ いくら自分の　親だからって　、子供が親を　独り占め　しちゃいけないって思うようになったんだよね、この頃。

④ デートというものはね、男と女が時間と場所を　約束して会い　、食事したり買い物したりすることだ

聞いた後

五、親を独り占めしようとする子どもの気持ちをどう思いますか。日本語であなたの意見を話してみなさい。

略

D　100年の時を超えたデート

聞く前に

一、次の文の下線に入れるのに最も適当なものを①・②・③・④から一つ選んで、〇をつけなさい。

1. ④　　　2. ③　　　3. ③

聞く（スクリプト）

時次郎：ね、これはどうかな。今左側にゑり善っていう呉服屋さんがあるんだけど。

未　歩：あ、あるよ。ゑり善。

時次郎：あるんだ。じゃ、ちょっと待ってて。また後で。……

時次郎：こんにちは。

七　海：こんにちは。

店　主：いらっしゃいませ。

未　歩：これ、ください。

店　主：はい。贈り物でございますか。

時次郎：はい。100年後の女性に。

店　主：は？

時次郎：100年後、かならずこの手鏡を取りに来る女性がいます。それまでここに置かせてください。僕、宮田時次郎といいます。

店　主：おかしなこと言う人だね、あなた。

時次郎：お金、上乗せしますから。

店　主：いやいや、そういうことじゃなくて。そんな、生きてられないですよ、100年も。

時次郎：これ、これでお願いします。

店　主：いやいや、だからそういうことじゃないって。

時次郎：お願いします。

店　主：いやだめだって。

時次郎：お願いします。

店　主：そんな生きてられない。ほんと、ほんと。

時次郎：宮田時次郎から預かった物、引き取りに来たって言ってみて。

未　歩：あ、うん、わかった。……こんにちは。

店　主：いらっしゃいませ。

未　歩：あの、こちらに宮田時次郎さんが預けた物があるってお聞きしたんですけど。

店　主：宮田時次郎さんですか。

未　歩：はい。

店　主：あ、ちょっとお待ちいただけますか。……おばあちゃん！おばあちゃん！

おばあさん：未歩さんかい。

未　歩：はい。

おばあさん：ああ、やっと会えた！来てくれたんだね。夢じゃないんだね。

未　歩：どうしたの？おばあちゃん。

店　主：おばあちゃん、子供の頃にね、100年経ったらこれを引き取りに来る女性がいるって宮田時次郎さんに言われたらしいです。

おばあさん：長生きしてよかった。生きててよ

かった。

未　歩：おばあちゃん、時次郎さんに会ってるの？

おばあさん：うん、うん。

店　主：はい、おばあちゃん。

おばあさん：はい。これだ。

未　歩：『時は離れていても、君の心は近くに感じる…宮田時次郎。』

店　主：素敵な贈り物ですね。

未　歩：はい。おばあちゃん、ありがとう。

おばあさん：うん、うん。

＊　＊　＊　＊　＊　＊　＊　＊　＊　＊　＊

未　歩：あのおばあちゃん、ひょっとしたら100年前の自分と話してたの、知ってたんじゃないかな。

時次郎：僕もそう思うよ。だから七海ちゃんは100年間言われたとおりに大切に手鏡を預かってくれたんだよ。

未　歩：うん。あ、でもさあ、あの手鏡の文章。

時次郎：ん？

未　歩：これはないんじゃないの？もらったほうが恥ずかしいよ。

時次郎：僕だって恥ずかしいさ。

未　歩：でしょ。

時次郎：だから、文章にしてみたんだけど、けっこう本心。……だめだった？

未　歩：ううん、ありがとう。大切にするね。

時次郎：よかった。

二、ドラマを見ながらその対話を聞いて、正しい答えをそれぞれ①・②・③・④から選んで、〇をつけなさい。

1. ③　　　　2. ③　　　　3. ④

三、ドラマの対話を聞きながら、次の文を完成させなさい。

① かならずこの手鏡を取りに来る女性がいます。それまでここに　置かせて　ください。

② 宮田時次郎から預かった物、　引き取りに来た　って言ってみて。

③ あのおばあちゃん、　ひょっとしたら　100年前の自分と話してたの、知ってたんじゃないかな。

④ だから、文章にしてみたんだけど、　けっこう本心　。……だめだった？

聞いた後

四、このドラマの結末を作って日本語で話してみなさい。

略

北京大学出版社日语教材

高等教育自学考试日语专业系列教材

初级日语（上、下）/ 彭广陆 主编
中级日语（上、下）/ 彭广陆 主编
高级日语（上、下）/ 彭广陆 主编
日语视听说 / 张婉茹 编著
日语会话 / 孙建军 编著
日本文学选读 / 于荣胜 编著
日语写作 / 金勋 编著
日语笔译 / 翁家慧 马小兵 编著
日语口译 / 丁莉 编著
日语语法教程（上、下）/ 刘振泉 编著
日本概况 / 刘琳琳 编著

21世纪日本语系列教材

综合日语（第一册修订版）/ 彭广陆等
综合日语（第一册练习册）/ 何琳等
综合日语（第一册教师用书）/ 彭广陆等
综合日语（第二册修订版）/ 彭广陆等
综合日语（第二册练习册）/ 何琳等
综合日语（第二册教师用书）/ 彭广陆等
综合日语（第三册）/ 彭广陆等
综合日语（第三册练习册）/ 何琳等
综合日语（第三册教师用书）/ 彭广陆等
综合日语（第四册）/ 彭广陆等
综合日语（第四册练习册）/ 何琳等
综合日语（第四册教师用书）/ 彭广陆等
日语高年级教程（上册）/ 谢为集等
日语高年级教程（下册）/ 谢为集等
初级日语（第一册）/ 赵华敏等

初级日语（第二册）/ 赵华敏等
初级日语（教与学）/ 赵华敏等
中级日语（第一册）/ 赵华敏等
中级日语（第二册）/ 赵华敏等
中级日语（教与学）/ 赵华敏等
挑战日本语初级1 / 日本语教育教材开发委员会
挑战日本语初级2 / 日本语教育教材开发委员会
挑战日本语写作练习册初级2 / 日本语教育教材
　开发委员会
挑战日本语初中级 / 日本语教育教材开发委员会
挑战日本语练习册.初中级 / 日本语教育教材开
　发委员会
挑战日本语中级 / 日本语教育教材开发委员会
高年级汉译日教程 / 张建华等
日本国概况 / 姜春枝
日语古典语法 / 铁军
日语语法新编 / 刘振泉
日本文学修订版 / 刘利国
日本现代文学选读（上卷）/ 于荣胜
日本现代文学选读（下卷）/ 于荣胜
日语写作（修订版）/ 胡传乃
日文报刊文章选读（第二版）/ 刘振泉
日语视听说教程（一）/ 徐曙等
日语视听说教程（一）参考用书 / 徐曙等
旅游观光日本语—酒店接待篇 / 永谷直子等

日本的托福——日本语能力测试系列

日语国际水平考试一级出题标准 / 王彦花等
日语国际水平考试二级出题标准 / 王彦花等

北京大学出版社
PEKING UNIVERSITY PRESS

外语编辑部电话：010-62767347
市场营销部电话：010-62750672　010-62765014
邮购部电话：010-62752015
Email：zbing @pup.pku.edu.cn
　　　　lanting371@163.com

《日语视听说教程(一)》

尊敬的老师：

您好！

为了方便您更好地使用本教材，获得最佳教学效果，我们特向使用本书作为教材的教师赠送本教材配套电子课件。如有需要，请完整填写"教师联系表"，免费向出版社索取。

北京大学出版社

教 师 联 系 表

教材名称		日语视听说教程（一）			
姓名：		性别：	职务：		职称：
E-mail：		联系电话：		邮政编码：	
供职学校：			所在院系：		（章）
学校地址：					
教学科目与年级：			班级人数：		
通信地址：					

填写完毕后，请将此表邮寄给我们，我们将为您免费寄送本教材配套电子课件，谢谢！

北京市海淀区成府路 205 号
北京大学出版社外语编辑部负责人
邮政编码：100871
电子邮箱：zbing@pup.pku.edu.cn
　　　　　lanting371@163.com

邮 购 部 电 话：010-62752015
市场营销部电话：010-62750672
外语编辑部电话：010-62767347
　　　　　　　　010-62767315